Fleurs de crachat

DU MÊME AUTEUR

La mauvaise langue, Seyssel, France, Champ Vallon, 1996
Deuils cannibales et mélancoliques, Éditions Trois, 2000
Ça va aller, Leméac, 2002
Ventriloquies (en collaboration avec Martine Delvaux), Leméac, 2003

Catherine Mavrikakis

FLEURS DE CRACHAT

roman

LEMÉAC

Exergue: Hervé Guibert, *Le mausolée des amants,* © Éditions Gallimard, 2001, p. 136

Leméac Éditeur remercie le ministère du Patrimoine canadien, le Conseil des arts du Canada, la Société de développement des entreprises culturelles du Québec (SODEC) et le Programme de crédit d'impôt du Gouvernement du Québec (Gestion SODEC) du soutien accordé à son programme de publication.

ISBN 2-7609-3271-0

4609, rue d'Iberville, 3e étage, Montréal (Québec) H2H 2L9
Dépôt légal – Bibliothèque nationale du Québec
3e trimestre 2005

Imprimé au Canada

Le crachat de T. sur moi, au moment un peu pénible de la jouissance, a été le plus doux rafraîchissement, comme la brumisation d'un mot d'amour.

Hervé Guibert, *Le mausolée des amants*

À toi, sur qui je continue de cracher.

1

Je gâche tout. C'est comme ça. Moi, Flore Forget, indigne fille de feu Violette Hubert, ma mère, je dois bien l'avouer, je pourris tout. Je fais tout foirer, tout tourner. Une mauvaise mayonnaise. C'est ce que je fais de la vie. Je saccage, je ravage, je ruine, je pulvérise. Je rêve follement d'éradiquer le facile. Je plastronne fièrement avec mon air de pimbêche, de soldate amarante et ma gueule ramenarde de G.I. goulue. Je pense éperdument arracher la vie au fumier sur lequel elle croît si bien, la salope. Je me prends pour un grand vent, une rafale, un raz-de-marée, un noroît, une tourmente. Je fais dans le jugement dernier. Je suis grosse des raids tactiques contre l'immensité. Je me veux la justicière de la vie désespérée.

Comme Malborough, la Flore part en guerre et ne sait quand reviendra. Mais elle est de tous les combats, la petite mère courage. Elle mitraille, elle bombarde, assiège et rate ses cibles. La voilà qui chavire, elle vire, oui, elle fait tout virer au pire. Ainsi font, font, font les petites marionnettes du malheur. Ainsi font, font, font, trois petits tours et puis ce n'est pas bien long… Tout est foutu et pour de bon.

Je combats, je guerroie, je terrorise. J'aime quand les braves gens me craignent et qu'ils se regardent eux-mêmes avec méfiance. *Qu'ils tremblent, les imbéciles, qu'ils frémissent en ma présence,* voilà ce que je me dis. Je crie, je vocifère, je prêche dans le désert, avant la grande arrivée, le grand débarquement, la déferlante violente qui va tout ravager. Je vais vous forcer, moi, à vous rendre pieds et poings liés aux vainqueurs qui viennent, qui se doivent d'advenir.

Je gâche tout, je fous tout en l'air. J'ai tellement gueulé, je les ai tant bombardés, criblés de projectiles qu'ils sont encore plus abrutis, les braves gens. Ils sont devenus bunker, blockhaus, casemate, fortin, se sont cuirassés, bardés de carapaces. Et moi, je suis une cloche qui sonne le tocsin. Je suis une cloche. Ding, dong ! Une cloche qui cloche, un drelin, drelin trop aigu qui nous casse les oreilles et les pieds. Une dingue, dring, dring, qui clopine, un carillon électrique qui ne clanche plus et qui va tout de guingois. Oui, je suis une cloche bien trop bringuebalée. J'ai du mal à m'arrêter. Je me retrouve hébétée, sans envie, sans espoir. Stoppez l'assaut, que diable ! Ce n'est plus la peine de pilonner de ce côté-là, il n'y a plus personne. Plus rien. Sauf une grande fracture dans la tête, une douleur vive qui me rappelle que j'ai existé. Je suis un armistice, une trêve continuelle. J'ai perdu les batailles, déchargé toutes mes balles et tout paumé dare-dare. Je n'ai plus que ma job de designer des corps vivants, ma job de grande styliste médicale, ma job de chirurgienne que tout le monde regarde avec le respect dû aux morts. Je n'ai plus qu'une mère partie les pieds devant et les poisons de l'esprit. Et franchement, il vaut mieux ne rien avoir.

La mort de Maman, c'était la der des ders. L'offensive de la fin, le grand bombardement. La ultima vez. Mon ultime combat. Maintenant, c'est fini. It's over. Auf Wiedersehen, les luttes et les ultimatums. Je capitule, je rends les armes. J'en finis avec la cause, la pureté, la justice, la grandeur, avec ma folie, avec Jean-Baptiste qui prêche sur les champs de bataille, avec le

Messie. Homme mort ne fait pas la guerre. Ça va mal, ça ira de plus en plus mal. Je n'en ai rien à foutre. Je demande la paix et je ne prépare surtout aucune guerre. Je désarme, je dénucléarise et démilitarise. Je me sens bien, le corps bourré de tout ce qu'on imagine, je plane sans parachute, sans porte-avions géant. Je découvre doucement le paradis, celui de l'âme qui s'intoxique. Celui que je me prescris à petites doses de médicaments tout neufs ou bien anciens. Prozac, Marplan, Ludiomil, Desyrel, Phenelzine, Valium, Elavil, Largactil, Rivotril, Asendin, Pertofrane, Triadapin, Ativan, Serax, Zapex, Restoril, Dalmane, Luvox, Zoloft. Just name it. Sky is the limit. And « Lucy is in the sky ». Violette, ma mère, aussi. Ma mère... Je vais la rejoindre tout doucement en m'injectant le bonheur. Juste un petit shoot mauve.

J'agite le drapeau blanc. Je fais la paix avec la Terre entière. Je me couche à mes propres pieds et je traîne dans la fange mes idéaux poisseux. Je passe à autre chose. Et surtout à rien. Au vide multicolore, kaléidoscopique, vide cosmique, vide en gélules, en capsules, en comprimés, en grand déshabillé. Elle court, elle court, la connerie, la connerie du bois, mesdames ; elle court, elle court, la connerie, la connerie de la vie jolie. Elle est passée par ici, la connerie de la vie jolie, elle repassera par là. Elle court, elle court, la connerie, la connerie de toutes nos vies. Je déserte, je glandouille, j'enterre la hache de guerre, je fume le calumet de la paix et de toutes les drogues fumigènes. Je ne bousille plus rien, je ne vais plus au casse-pipe. De guerre, je suis lasse. Maintenant que Maman est morte, ce n'est même plus la peine d'en parler. Basta ! Je me sens apparatchik de la paix, rond-de-cuir de la concorde, momie de l'harmonie. Une anesthésiée du vivant. Je me bourre de tranquillisants. Gloup ! Gloup ! Des tas de médicaments, des drogues, des doses d'ennui. *Arrête de t'agiter, ma pauvre Flore, arrête. Crache sur tout le monde, mais en souriant, comme cela, mine de rien. Crache avec classe, crache dans le vent et surtout pas en l'air, crache à la mode, crache dernier cri, crache branché, crache câblé, crache prêt-à-porter, graillon grand couturier.* Je vais faire dans la douceur et le mollard glamour. Moi, Flore Forget, j'invente le crachat invisible. Le crachat propre. Le glaviot de la mauvaise foi qui convient à tous. C'est mon engin secret, mon truc catapultant, mon arsenal d'enfer, mon arme traditionnelle. Je leur crache dessus, mais ils n'en savent rien. Je me purifie dans la glaire de mes biles médicamentées et je prie à genoux le ciel si vorace afin d'avoir un jour la bouche complètement sèche, privée de munitions. Je demande, suppliante, le crachat impossible dans lequel je ne m'éclaterai plus... Le crachat qui tuera sans même laisser de traces. Finie, la guéguerre sale...

En avant ! Comme avant ! À la guerre, comme plus jamais la guerre ! Maintenant que Maman est en train de se décomposer, qu'elle est en train de pourrir dans la terre, dans la boue, *boue, tu retourneras boue, boue gélatineuse, boue gluante, boue visqueuse, bouh !, bouh !,* j'apprends à fermer ma gueule, à faire comme les autres, les abrutis ennemis, à rentrer dans le rang et à marcher bien droit. Et s'il faut que j'avale des tas de pilules en tubes psychédéliques pour y parvenir, je serai un bon petit soldat.

Je collabore, j'approuve, je pactise, j'acquiesce, je fais dans l'alliance et le renoncement. Je suis un grand oui, un pur consentement, moi qui ne savais que dire non. C'était devenu une maladie... Cela avait commencé avant moi, bien avant moi. Je n'ai pas pu inventer cela toute seule. C'est dans les gènes, comme on dit. J'avais une kalachnikov dans le sang, un bazooka dans les organes, une sulfateuse dans le clapet. J'étais une grognarde, une tueuse en série. Une psychopathe du gâchis, mais cela est en train de me passer… Merci à la vie, à cette chienne de vie qui m'est rentrée dedans comme une salope de locomotive, comme un shrapnel tonnant, et merci, merci à la chimie. C'est fou combien je vous dois.

Ma métamorphose en vaincue se fera en cinq sec. On ne peut pas dire que ça va traîner. Il faut voir qu'elle se préparait. Ça ne se fait pas d'un coup, tout ça. Jamais en une seule salve. Les métamorphoses et les métempsycoses. Ça nous travaille, ça s'insinue, sournoisement, même si ça fait mine de ne pas nous toucher. Je me suis fait canarder doucement, stratégiquement. Et puis un jour, comme un gros obus, ça m'est tombé dessus ! Un blitzkrieg fulgurant. Un baroud sans honneur. J'en suis tout étourdie…

Deux mois avant la mort de Maman, j'ai vu sa tête, à lui, l'Fêlé, se balader dans l'ouverture vitrée de la porte de mon hall d'entrée. J'ai vu ses yeux de fou en extase. J'ai compris immédiatement que le saccage devait se terminer. Que si je continuais le gâchis, j'allais devenir comme lui, avec sa gueule de fou orgasmique. J'allais harceler les gens, leur téléphoner au milieu de la nuit, arriver à leur porte à cinq heures du matin et rester dans leur hall d'entrée jusqu'à ce qu'ils reviennent de vacances. J'allais faire dans l'état de siège, la pétarade saignante. Tout cela pour changer le monde. Tout cela parce que je dis vrai. Mais qu'est-ce que j'en ai à foutre d'avoir raison ? Mais quelle idée que d'être dans son droit ? Je ne l'avais jamais revu, Florent, mon frère, Florent. Pas contemplé sa face cinglée, défoncée aux médicaments et aux thérapies de choc depuis au moins trente ans. Mais quand j'ai vu sa gueule de piqué dans mon hall d'entrée à huit heures du matin, alors que je rentrais de l'hosto, après une nuit passée à l'urgence à recoudre des corps en morceaux, des corps en lambeaux, j'ai tout de suite su que c'était lui. Mais que c'était aussi moi. J'allais finir comme cela, dans mon hall d'entrée à huit heures du matin, à attendre que je revienne de l'hôpital, claquée. Je l'ai immédiatement reconnu, le dingo. Je me suis dit : *Tiens, c'est Florent.* Après trente ans, ce n'est pas banal de reconnaître une tête béate qui se promène dans l'ouverture vitrée de ma porte. Ce n'est pas commun de voir le siphonné au bord de l'orgasme et de penser doucement : *Voici mon frère, l'Fêlé, que je n'ai pas vu depuis 360 mois, 9800 jours et des poussières.* C'est là, exactement là, que j'ai commencé à comprendre qu'il y avait quelque chose d'ébréché en moi, que j'étais déjà craquepotte. Il n'y avait qu'une cinglée pour reconnaître la tête entraperçue de Florent, quelque trente années plus tard. Il n'y avait que moi pour vivre cela. Moi, la généralissime de l'arrogance, la capiston de l'orgueil ! Moi, la Jean-Baptiste maréchale, qui vis dans un monde sans temps, un monde où je sais toujours identifier le Messie, dénoncer le diable, séparer le bon grain de l'ivraie, le fou du pas fou et puis surtout distinguer la tête de mon grand frère de celle d'un simple crétin. Après trente ans. Il y a de quoi m'inquiéter.

Ce n'est que lorsque j'ai reconnu l'Fêlé que je me suis rendu compte que je dérapais. Que je n'avais pas du tout à le reconnaître, ce dérangé, et que je devais plutôt me demander ce qu'un inconnu visiblement exalté foutait dans mon hall d'entrée à huit heures du matin. Je me suis mise à le détester ce type, mon frère. Je me suis mise à vouloir lui arracher la tête et peut-être même les yeux qui se dilataient vulgairement. J'avais envie d'en faire de la bouillie de ce mec que je pouvais identifier d'un simple coup d'œil, de lui faire éclater une grenade dans la tête. C'est vraiment une damnation de reconnaître les gens après trente ans. Il faut être drôlement maudite de vivre avec toute cette mémoire. C'est un bruit constant dans le crâne. Le passé me parle, me tient conciliabule, et même quand j'étais gamine, il me faisait déjà le coup du truc qui revient. À trois ans déjà, je n'avais que de la mémoire. De la mémoire à ne pas savoir qu'en faire. De la mémoire pour maudire l'univers pour les siècles des siècles et des voix dans la tête qui me disent des choses, qui causent, causent toujours et causent mon malheur. Ça gueule dans mon cerveau, ça vocifère du sens, ça balbutie quelque chose. J'ai subi une malédiction, celle du barouf dans le crâne. Je suis punie de quelque chose. Et va savoir de quoi…

Quand j'ai poussé la porte de mon entrée, l'Fêlé m'a lancé comme un tir d'artillerie : *Cela fait neuf heures que je suis là à t'attendre, j'ai laissé des messages sur le répondeur. Il y a une voix qui m'a soufflé : « Maman va mourir. » J'ai décidé de venir. Où étais-tu ? J'ai prévenu les Nations unies.* Mais le pire c'est que moi, moi, moi, j'ai répondu à ce cinglé, comme si nous avions parlé la veille, comme si tout était normal, qu'il n'y avait pas trente ans à combler, trente ans à réparer, trente ans sur lesquels nous nous devions quand même quelques comptes, non ? Je lui ai lancé tout de go à mon fou de frère : *Je travaille, moi, la nuit ! Taré ! Mes messages, je ne les prends pas. T'as rien à foutre dans mon hall d'entrée. Et puis, qui t'a dit que Maman était malade. Quelle voix ?… Qui t'a appelé ? Et les Nations unies ? Mais tu déconnes, mon pauvre ! Demain, Maman aura les résultats d'une biopsie du sein gauche. Mais elle ne va pas mourir pour autant. T'es complètement dérangé ou quoi ? D'où viens-tu ? Cela fait trente ans qu'on ne t'a pas vu. Tu crois encore qu'on t'attendait ? On te croyait crevé, disparu, just killed in action, et on ne te pleurait pas.*

Il n'a pas daigné répondre à mes questions, mon abruti de frère. Il entrait dans mon appartement avec moi. Tout simplement. Et puis, durant les deux mois qui ont suivi, durant les deux mois où Maman a agonisé de son fulgurant cancer, il a été continuellement dans mes pattes, ce débile de grand frère, toujours en train de traîner autour de moi à l'hosto ou de squatter mon hall d'entrée, toujours en train de m'espionner, de mater mes faits et gestes.

Et il avait raison, cet immonde barjo. Je ne sais toujours pas qui lui avait dit quoi, dans quel présage il avait reconnu la mort de Maman. Je ne sais toujours pas ce que les voix du ciel ou de l'enfer chuchotent aux mabouls, mais il avait raison, cet enfoiré : Maman allait mourir. Et vite, en plus de cela. Un cancer vraiment rapide, qui vous emporte magnifiquement, qui s'attaque à tout votre corps, qui vous métastasie en moins de deux. Hop ! Hop ! Ces trucs-là, ce ne sont pas des cancers, ce sont des œuvres d'art. C'est là que tu penses que la vie est une artiste. Une artiste du malheur, qu'elle peaufine, cisèle, retouche. « Cent fois sur le métier, remettez votre ouvrage, polissez-le sans cesse et le repolissez. » C'est Boileau qui dit ça. Oui, la vie est un génie de la fin. Même quand son œuvre est ratée, on doit tout de même lui reconnaître ce talent. On doit tout de même applaudir à tout rompre devant le sublime, devant le grand geste.

À l'enterrement de Maman, nous étions donc tous les quatre, finalement, et c'était pour nous, Genêt et moi, bien étrange, de voir que toute la descendance de notre mère était présente. Il y avait l'Fêlé, le fils aîné, complètement dément et extatique, malgré les circonstances. Il y avait Genêt, mon petit frère, le galeriste, tout juste débarqué de Paris, totalement défait, en train de hurler de douleur, de se répandre en larmes. Un vrai déluge. Il y avait moi, les yeux vides, la bouche desséchée, anesthésiée par les médicaments que je m'étais prescrits depuis le moment où j'avais presque profané le corps raide de Maman. Je l'avais trouvée morte, Maman.

Entre deux urgences. Et je repars t'en recoudre un autre ! Et je repars aussitôt en découdre avec la vie ! Elle était partie toute seule comme une grande, alors que sa fille, moi en l'occurrence, ligaturait un imbécile dont le corps pissait le sang, un crétin qui s'était pété la gueule à toute allure, sur sa moto, complètement soûl. Ils n'ont qu'à rouler moins vite, ces idiots ! Ils n'ont qu'à ne pas boire comme des trous, ces connards, ces salopards ! Je n'aurais pas à stopper les hémorragies et à faire de la couture sur des mètres de corps humains ! Je ne fais pas dans la dentelle, moi ! J'en ai marre des pauvres types ! S'il y en avait moins, j'aurais pu être là au moment de la mort de Maman. Elle ne se serait pas éteinte seule, comme un chien. Elle n'aurait pas crevé dans sa chambre sinistre, comme si elle n'avait jamais mis au monde trois mouflets dingues et ingrats, comme si elle n'avait jamais accouché de trois sales marmots qui l'ont laissée agoniser dans la solitude verte de l'hôpital morne.

Même pas comme une bête. Parce que les animaux, on les traite heureusement mieux que cela.

Guérir les corps, sauver les âmes, recomposer de l'existence. Voilà ma vie. Mais à quoi cela me sert, à moi qui ai laissé ma mère seule pour affronter la mort, qui n'ai pas pu la serrer dans mes bras, lors de son dernier spasme, mon ultime combat ?

À l'enterrement de Maman, il y avait aussi ma fille Rose, la petite chérie, ma grande Rosie, âgée de quatre ans, qui jouait en riant et babillant avec les fleurs déposées près du cercueil de sa grand-mère chérie.

Cela faisait trente ans que je n'avais pas vu le brindezingue en public avec nous, avec Genêt et moi. Sa présence, dans cette petite église de l'est de la ville, à cinq mille kilomètres d'où j'avais l'habitude de l'imaginer, à tort ou à raison d'ailleurs, me fit comprendre tout à coup que Maman était bel et bien morte. Son corps était froid, était raide et pourrissait à chaque seconde et pour l'éternité parmi les immortelles et les branches de résédas. Maman ne serait réellement plus là, plus jamais là, puisque, après tout, si le cinglé s'était déplacé après tant d'années de silence, ce n'était certainement pas pour la revoir… Il était venu, poussé par son instinct de fou, flairer s'il n'y avait pas à Montréal, à la mort de Maman, quelque moyen de colmater la brèche qui s'était faite dans son nom de fils. Il était venu, mû par quelque fol espoir, humer le corps de sa mère agonisante afin de sentir enfin émaner d'elle une odeur familière et douce qui lui aurait donné la certitude qu'il était son enfant à elle. Le parfum tendre, rassurant de la chair maternelle, une folle odeur de violette, les effluves folâtres des entrailles de la vie… Mais au moment de la fermeture du cercueil, il avait eu beau renifler une dernière fois le corps comme un chien renifle un os, rien ne s'était passé. Rien n'avait jailli. Pas plus que lorsqu'ils s'étaient rencontrés, elle et lui, le jour du diagnostic fatal, ce jour où il était venu promener sa tête dans mon hall d'entrée. Pas plus que tous les jours où il était venu lui rendre visite pendant les deux mois d'agonie, après m'avoir systématiquement harcelée à l'urgence. À la fermeture du cercueil, mon frère s'était relevé le regard en extase, ce regard qu'il avait sur les photos que nous avions conservées de lui, lorsque j'étais adolescente. Encore une fois, il était là pour rien. Ce fils n'aurait jamais de mère, même pas une mère morte. Rien à faire. Il n'avait rien. Sauf moi.

Et moi, il faut que j'arrête la machine de ma folie. La petite mécanique à devenir zinzin. Maman est morte. L'Fêlé est dingue à lier. Tout est fini. Je suis rentrée dans le rang des milices de la paix. J'arrête mes petits jeux, mes mesquines guéguerres. Je rejoins le troupeau des imbéciles heureux. J'ai acheté la paix. Et un Zoloft, s'il vous plaît ! Je paie la tournée générale.

À l'hôpital, l'agonie de Maman les transporte de joie, ces lâches, ces charognards, ces petites ordures malpropres. Ils ont enfin quelque chose contre moi, quelque chose de tangible : *Sa mère est en train de mourir. Elle a un frère psychotique qui la suit partout dans l'hôpital. C'est familial. On la tient. C'est une dépression. On va pouvoir lui faire fermer la gueule à cette emmerdeuse, à cette connasse hystéro, à cette prétentieuse qui n'arrête pas de vouloir nous changer, de nous dire combien elle est mieux que nous. On va enfin avoir sa peau. Dès que sa mère sera froide, on pourra la faire enfermer ou au moins lui donner son congé. Elle va poser un geste qui va nous en débarrasser. Enfin, on aura la paix. On pourra faire ronronner la vie bête, la vie tranquille. On pourra empocher les pots-de-vin, accumuler les erreurs médicales, dire n'importe quoi, harceler les infirmières, elle ne sera plus là pour nous dénoncer. Qu'elle nous débarrasse le plancher, cette salope ! Que sa mère crève au plus vite. Qu'on en finisse ! Et qu'elle aussi, elle claque !*

Une dépression ? Oui, c'était peut-être cela cette envie de ne plus crier, de ne plus hurler de douleur devant la force d'inertie des gens. Je les connais les remèdes, même si je ne suis pas psychiatre, même si je ne suis qu'un docteur Frankenstein qui rapetasse des morceaux de cadavres en devenir.

Depuis l'arrivée du Fêlé et le début du processus de décomposition de Maman au cimetière, j'ai perdu le goût du sang. Il n'y a plus d'hostilités. Ils ont raison, les psychiatres, je fais une dépression. Une vraie. Une grande. Une dépression normalisante, caractérisée. Pas la dépression permanente, pas celle qui est ma révolution. Non, une dépression comme tout le monde, un engourdissement de tous les sens et de l'intelligence qui me permettra de fonctionner au quart de tour, mais pas trop vite, plutôt en rythme, complètement synchrone avec leur léthargie.

Je songeais encore à résister quand je voyais l'Fêlé me harceler à l'urgence, alors que Maman agonisait au neuvième étage de l'hôpital. Je me mettais à réfléchir follement pendant que le cancer de Maman lui avalait le corps, nous dévorait le minuscule bonheur de la vie. Qu'est-ce qu'on peut être con, dès qu'on se met à méditer... Je pensais à cette terrible vie qui gagne toujours et qui nous a foutus sur Terre. Je ne voulais pas déjà ne rien sentir, je ne songeais pas encore à appeler ma médiocrité de toutes mes forces, à considérer la mort comme une nécessité, à me faire une raison, à me dire bien fort : *Maman est vieille, Maman a vécu. La mort, c'est naturel. Ce n'est pas un scandale...* Je résistais encore à l'ignoble, à l'infâme. Je faisais front contre l'horreur de la vie. Mais maintenant, c'est bien fini. J'ai trop souffert. Je réclame qu'on m'anesthésie, qu'on me ligote chimiquement.

C'est seulement après avoir trouvé le corps de Maman tout froid que je me suis vraiment rendu compte de la gravité de mon problème ! J'avais quelque chose de dangereux, de très troublant, de monstrueux. J'étais simplement trop humaine. Je voulais tout faire, tout comprendre, hurler, souffrir, penser et le reste, et le reste. Cela me bouffait le cerveau.

C'est vrai, je fais une dépression. Et comme je suis médecin, réparateur en tous genres, et que je me dois de porter assistance aux personnes en danger, je me prescris ce qu'il y a de mieux. Le champagne des antidépresseurs et aussi quelques grands crus : des anxiolytiques. Des trucs qui vieillissent bien, qui sont bien chambrés, longs en bouche. Je me fais une gâterie. Des anxios. Juste pour le goût. Et puis je me conseille vivement une petite psychanalyse. Ce n'est sûrement guère utile, mais cela ne peut me faire de mal. Je vais aller m'allonger sur le divan, contempler un plafond bien glauque et je parlerai de mon enfance maudite, du Florent tout fêlé, de la mort de Maman, de ma fille, de ma lignée chérie. Je vais aller m'inventer une histoire, la mienne. Ou encore celle d'une fille qui aurait pu être moi, si j'avais eu quelque chose comme une vie.

Maman est morte. J'avale de tout. Je connais mes classiques. Je suis médecin, non ? Je vais bientôt passer aux inhibiteurs de la monoamine oxydase (IMAO) ou alors aux inhibiteurs non sélectifs de la recapture des monoamines, dont les imipraminiques, qui m'ont toujours tentée... Je vais tout essayer, tout ce qu'on trouve sur le marché de la santé... Il faut que je me mette au boulot, au travail acharné de la normalité. J'ai été vraiment paresseuse de ce côté-là... Quelle flemmarde je faisais ! Maman est morte depuis deux semaines. Cela fait onze jours qu'elle est enterrée. Mais je suis malheureuse depuis toujours, depuis la nuit des temps, la nuit de l'enfance. Et cela ne s'arrange pas les soirs de pleine lune. L'Fêlé est là quelque part dans mon appart, en train de squatter ma vie. Ma fille dort. Je me ressers. Un autre cachet fondant. Je ne vais quand même pas me priver, à mon âge. Je ne vais pas me gêner. J'en ai marre de mes migraines chroniques, de mes douleurs faciales qui m'explosent le crâne. Et puis je grince des dents sans arrêt, nuit et jour. C'est lassant ce bruit de mâchoires qui accompagne ma vie. C'est épuisant ce grr, grr qui concurrence le boucan de l'esprit. Maman est trépassée, mais je tiens le bonheur dans un flacon coloré posé sur un divan rouge. Je fais venir l'extase avec mes ordonnances. Et je vais encore m'en signer une autre. C'est la bonne Flore Forget qui me prescrit encore cela. Merci, docteur ! Je vais me coucher béate, un disciple de Freud derrière moi, juste à l'arrière du divan. Je vais me faire sauter la baraque pour de bon avec un cocktail Molotov d'antidépresseurs et puis me laisser happer par le vide de la vie tranquille, la vie douce, la vie-de-tout-le-monde. Je vais laisser le malheur au Fêlé et céder le sordide aux cinglés. Je leur livre mes lance-pierres, mes tomahawks éclair, mes armes de destruction. Je ne penserai plus au visage de Maman avant de m'endormir. Je ne la verrai plus bouffée par la mort, violée par les vers, remplie de la terre qui l'entoure chaque jour un peu plus, qui l'envahit.

Heureuse, heureuse. Je serai donc heureuse. Pour moi, il n'y a rien d'autre que le bonheur de cette monumentale dépression collective, de ce cessez-le-feu général, bien cauteleux, tout guilleret. Hop, hop ! Je demande à signer tous les traités, à conclure tous les pactes. J'arrête mon char ici, je stoppe la canonnade. Dans le régiment de la vie, je vais m'embrigader. Je compte bien m'enrôler dans l'escadron des mutilés de l'espoir, des éclopés en vadrouille. Attendez-moi. J'arrive…

2

Le problème, vous voyez, c'est que j'y ai bien pensé, peut-être trop, vous me direz, c'est bien votre genre de truc, cela : me dire de ne pas penser, de me laisser aller, de surtout lâcher prise, de dire tout ce qui me passe par la tête, mais là, franchement, vous vous gourez royalement et je ne sais pas pourquoi je fais intervenir le roi ici, je dirais plutôt la reine, la reine d'Angleterre, peut-être la reine d'Angleterre qui se gourait en pensant du mal de Lady Diana… vous savez que j'ai le même âge que Diana, enfin le même âge qu'elle aurait eu parce qu'elle, elle est morte et que moi, je suis vivante et que cela m'étonne toujours de survivre à moi-même, de ne pas avoir crevé jeune, de ne pas avoir claqué de frayeur ou de ne pas encore me balancer au bout d'une corde, mais… hé, le gratte-papier derrière moi, vous prenez note… vous écrivez quoi, monsieur le psy ? certainement pas l'œuvre d'une vie… que je suis suicidaire, peut-être ? parce que vous risquez de l'oublier, non ? c'est possible de me confondre avec une autre qui, elle, est toujours joyeuse, de bonne humeur et qui vient simplement ici pour régler des questions de seins douloureux ou de constipation chronique, et vous, vous avez diagnostiqué que c'est psychosomatique ? il ne faut pas beaucoup de mémoire, pourtant, pour se rappeler que je suis candidate pour me faire passer en cinq sec de l'autre côté de la vie, il suffit de voir ma gueule de folle, ma gueule de déprimée, de médicamentée, pour m'imaginer sans peine au bout d'une corde, ou encore de penser à mon cadavre, projectile lancé sur la chaussée directement du toit de l'hôpital, à mon cadavre mou comme un gros tas de viande, comme un vilain paquet de merde, je ferais plof ! en bas, juste un gros plof ! allez, je sais à quoi ressemblent les gens qui se précipitent des immeubles, qui se jettent la tête la première dans la mort et dans le plof ! de soi... pensez-vous que l'on s'entend faire plof ! ou qu'on est déjà trop sonné par la chute et la douleur ? parce que là, il ne faut pas sous-estimer la douleur, une vraie horreur, ça hurle, le corps, ça parle même nase, il y a des corps qui continuent de braire des heures après la mort, dans la violence du mourir, de l'arrachement à cette vie merdeuse... ça crie, les corps, c'est sûr, ça hurle à la mort et j'en ai ramassé moi, à l'urgence, de ces écrasés de la vie, vous ne pouvez pas en dire autant, la souffrance pour vous, c'est ce que des abruties comme moi viennent vous confier sur ce divan cramoisi dans lequel elles s'enfoncent confortablement, c'est vrai qu'ils sont bien vos coussins, et il y a de quoi tout oublier, mais justement, ici, c'est encore un petit effort de mémoire, il faut surtout ne rien oublier, tout raconter avachie dans des coussins si propices au sommeil... j'en voudrais des pareils, mais je crois que cela me rappellerait trop quelque chose comme ici, quelque chose comme des mauvais souvenirs, pas ceux de mon passé, ceux d'un présent psychanalysé, décortiqué où je me retrouve affalée sur un divan sanguinaire... c'est puissant les objets, tout de même, cela a un impact... la souffrance, la violence, c'est abstrait, des mots... aucun de vos patients ne vous chie dessus, ne vous griffe, ne vous gifle, moi, figurez-vous que cela m'est arrivé quelques fois, quelques petites fois, je ne compte plus... vous ne vous êtes jamais pris une beigne dans la gueule, et probablement personne n'a déféqué sur vos beaux coussins si rouges, si cramoisis, si propices à ma violence... je ferai votre initiation, un jour, si vous le voulez, c'est promis, cela nous soulagera, vous et moi... vous rêvez d'un corps à corps avec le patient, vous vous trouvez un peu seul dans votre fauteuil où personne, vraiment personne ne vous touche... cela vous donne l'impression d'être déjà mort de ne jamais être regardé par vos patients, non ? c'est terrible, toute cette indifférence, la vôtre, oui, la vôtre... et puis, bien sûr, la mienne... je ne suis pas ici pour m'épargner, pour m'en faire accroire, je sais ce que je vaux, pas grand-chose, je sais... les psychanalystes me font penser à des cadavres bien rigides, ils ne sont absolument pas souples, toujours en train de se raidir devant le signifiant, le signifiant, cela a un effet bandant, oui ? vous écrivez cela, j'espère... ce n'est pas parce que l'on vous touche que vous devenez tout dur, c'est parce que les mots vous font de l'effet... un petit côté Priape, c'est sûr, ça vous l'avez, vous bandez toute la journée puisque le signifiant arrive, toujours à temps, même quand il joue à cache-cache, il arrive, à un moment donné, au détour d'une phrase... oui, le v'là, le bon signifiant, et là vraiment, vous n'en pouvez plus, et vous rebandez pendant une petite heure... vous écrivez le signifiant dans votre grand carnet jaune, pour bander un peu encore le soir tout seul ou avec des collègues au téléphone ou en séminaire, jamais vous ne déchargez, faut pas exagérer, c'est fou ce que les mots, c'est fort, en fait, mais les objets aussi, et les corps, les corps, c'est... si fragile... un corps désarticulé par sa chute, un corps qui hurle de douleur, vous ne connaissez pas, il faut regarder sans bander et cela, je ne suis pas sûre que vous sachiez faire, il faut dire que je vous ai choisi pour cela, parce que l'on m'a dit que vous bandiez bien, que le signifiant vous mettait dans tous vos états, tant mieux, vous êtes, paraît-il, un excellent psychanalyste, et je suis une excellente patiente, tout le monde me le dit, me dit d'aller voir un psy, parce que j'ai tout pour cela, ben me voilà, vous bandez bien, j'espère… ce corps-là, un corps presque aimé, écrasé sur le trottoir après une chute de dix étages, je vous jure que ce n'était pas ce qu'il y avait de mieux à voir, c'était terrible… je n'ai pas envie de vous raconter… remarquez, je n'ai pas fait l'hôpital de guerre, il y a sûrement pire, mais c'est quand même traumatisant, il ne faudrait pas croire que c'est toujours la hauteur de la chute qui détermine l'état du corps, non, j'ai vu des écrasés du vingtième encore assez reconnaissables et puis un type qui s'était lancé du quatrième dans un état vraiment troublant… j'ai mes théories là-dessus : la raideur du corps dans la chute n'arrange pas l'affaire, il faut se laisser aller, lâcher prise, ce dont je vous parlais tout à l'heure, au début de la séance, si vous vous rappelez ce que je raconte, si vous notez comme il faut dans votre carnet ou dans votre mémoire capharnaüm… il ne faut pas se bander en tombant, juste essayer de planer comme un avion, mais bon, la gravité est quand même la plus forte, je sais, je ne suis pas idiote, je vois le résultat, mais c'est bon de croire un instant que l'on s'envole… il faut le croire, absolument, au moins une seconde, pour avoir le courage de se lancer, le courage de se foutre en l'air, de tout foutre en l'air… si l'on croit un peu au décollage, j'ai la conviction sincère que la chute est moins rude, mais bon, ce ne sont là que suppositions, divagations obscures et morbides de chirurgienne qui apprend sur le tas, sur le tas de cadavres de son savoir médical, je n'ai pas fait enquête, je ne vous parle pas statistiques, c'est l'expérience qui me dit cela… est-ce que vous comprenez combien mon métier est un traumatisme ? que c'est par défi que j'ouvre et ferme les corps ?… O.K., je l'ai choisie, cette job pourrie, mais j'étais déjà traumatisée, déjà épuisée, imprégnée par la vie et sa matière... toute mon enfance, il n'y avait que des morceaux de corps qui jonchaient mes rêves... des bras, des mains, des cervelles, des organes éparpillés, amoncelés... je fermais l'œil pour me retrouver avec des corps en décomposition ou des chairs en lambeaux, c'est encore comme cela, quand je n'y prends pas garde, quand je ne me bourre pas de médicaments ou quand je ne tombe pas comme une masse, de fatigue, après trente-six heures de garde et je ne sais plus combien de chirurgies, je me remets à rêver de membres découpés, comme lorsque j'étais petite... et à la mort de Maman, cela a failli me reprendre... j'ai toujours voulu être chirurgienne, c'était une vraie vocation, une passion, je faisais chier tout le monde avec la médecine, à trois ans, déjà, je savais cela de moi et quand on me demandait ce que j'allais faire plus tard, je pouvais répondre sans me tromper, à trois ans, franchement, ce n'est pas banal et cela emmerdait les gens tant de volonté et d'assurance, tant de détermination... il n'y avait que ma mère qui savait combien c'était vrai et que rien, rien ne pourrait m'arrêter, ma mère me parlait toujours de la Deuxième Guerre mondiale, en Normandie, des corps pourris croisés durant l'exode, de l'ablation d'un rein à sa sœur aînée et de la cervelle, sur la chaussée, de madame Muchembled que son propre mari avait dû remettre dans la boîte crânienne, après avoir essuyé les éclats d'obus... Madame Muchembled en avait gardé quelques séquelles, de son cerveau dans le caniveau, il paraît qu'elle perdait la mémoire de temps à autre, par intermittence, comme nous tous, quoi, pour continuer à vivre cette putain de vie, faut pas être Funes dans le texte de Borges... vous lisez ? vaut mieux être Alzheimer dans l'oubli de tous les mots, non ? ma mère, après cette scène, n'a plus jamais mangé d'abats, jamais ; il y a aussi l'histoire de cette femme au manteau vert qui a été décapitée par une bombe à côté de ma mère, dans une tranchée, elle me racontait tout cela, ma mère, lorsque j'étais enfant... le manteau était encore bon, après la décapitation, toujours vert, couleur de l'espoir, comme on dit... elle en a bouffé de la vache enragée, ma mère, mais jamais, je le répète, d'abats, moi je ne bouffe que cela : rognons, cervelles, foies, et je sais ce que je bouffe, je suis chirurgienne, je peux dire que je sais de quoi je parle... déjà petite, je voulais recoudre tous ces corps qui venaient me travailler la nuit, je voulais rapiécer l'histoire, tout coudre de fil blanc, mais dès que j'ai commencé ma médecine, j'ai compris que je serais aussi et surtout un boucher, que je devais en découper de la barbaque, afin d'être bien grasse lorsque je claquerai, pour parodier Boris Vian, vous voulez que je chante ? avant d'apprendre la couture, avant même de faire quoi que ce soit... un jour, j'ai eu comme un déclic dans la tête, j'avais choisi ce métier parce que dans le fond, je voulais apprendre à faire de la chair à saucisse, je suis comme le premier chef d'État venu, j'aime le sang et la bidoche, il n'y a rien de grand dans mon appel vers le point de suture, il y a juste mon envie de la couleur rouge, mon désir d'en découdre avec la vie qui reste pour moi un bout de gras dans lequel je mords sauvagement, comme une bête, un bout de chair dont je veux, avec toute la hargne dont je suis capable et que je pourrais lâcher comme cela, du jour au lendemain... c'est du moins ce que je me fais croire... depuis toujours, je rêve de corps qui ne font pas sens, de corps déchirés, dépecés, décapités, des têtes qui roulent toutes seules, sans amasser mousse, il n'y a que cela dans mes rêves, où que je marche, je fous le pied sur un morceau de chair, je ne suis jamais fichue de marcher sur la terre ferme, c'est pire que de marcher sur des œufs, pire qu'un marche ou crève et pire encore que de marcher au combat, bien pire que tout, je marche sur des restes humains, parfois encore chauds, et à tout moment je risque de tomber, de me rouler dans la fange de l'organisme, je m'enfarge dans la charogne, je fais dans la dépouille visqueuse, je me roule dans les poubelles d'hôpital, c'est cela, mes nuits, je veux dire, avant que je ne prenne mes médicaments, mes petites pilules qui me dorent ma pilule à moi… je ne sais pas pourquoi je continue de parler au présent, parce que maintenant, je vois tout en couleurs, juste des couleurs, je fais dans le psychédélique, je ne rêve plus, je peins, Picasso, il n'a rien inventé, il devait prendre des psychotropes… vous voyez, le présent, parler au présent, c'est que quelque part, cela ne me lâche pas, cela ne lâche pas prise… oh ! le signifiant…. c'est que je vous sens vous raidir, non ? j'ai beau me bourrer de gélules, de machins nuls, je sais que c'est en moi tout cela, que la seule solution, ce serait de m'envoler d'un sommet montréalais, d'un des toits de ce monde et de ne pas rater mon vol 61 vers l'au-delà, je pense que ce serait la seule façon de ne plus voir toute cette chair à demi putréfiée ou encore bien grouillante, ce serait le seul moyen de faire stopper la machine de mort, je lui ferais un pied de nez, je prendrais les devants, oui, je vais plus vite qu'elle, je meurs avant qu'elle ne m'achève, ce serait malin… je vais vous dire un truc, monsieur le psy, vous noterez que je ne vous appelle pas « docteur », parce que le docteur, ici, c'est moi, et que franchement, les docteurs, ce sont des gens dont je me méfie, mais alors, là, vraiment… docteur Forget, elle en a tellement marre de tout qu'elle ferait exploser l'hôpital si elle n'avait pas peur d'être la chirurgienne de garde cette journée-là, si elle ne tremblait pas devant la possibilité d'avoir à recoudre tous ses collègues, qu'elle laisserait bien saigner comme des bœufs, mais elle a une éthique, cette conne de docteur Forget... la mort, cela me guérirait de toute la décomposition du monde, j'en aurais fini avec cette charogne de vie... il n'y a que la mort pour me délivrer d'elle-même, je ne sais pas ce que j'attends et pourquoi j'ai attendu si longtemps, en fait, pourquoi je ne me suis pas pété la gueule comme la Lady Di comme dans « you die or live and let die, » je savais que vous aimeriez cela... que je me laisse aller, je veux dire, et surtout en anglais, parce que l'anglais, je ne le parle pas mal du tout, cela fait partie de ma réussite, oui, c'est vrai, il faut parler anglais quand on est chirurgienne, qu'on a fait des études à McGill, il faut bien que cela ait rapporté quand même... je n'ai pas juste appris le métier de boucher, d'équarisseur de bétail humain, de dépeceur de viande et d'écorcheur de cadavres, je n'ai pas juste appris à manier le couteau, le bistouri et les grands ciseaux, je me suis dégraissé l'esprit, j'ai appris l'anglais pour pouvoir converser avec les grands pontes de la profession et me farcir les revues scientifiques qui font avancer la recherche médicale... le père de ma fille était un Canadien qui m'ennuyait profondément, un gars venu d'ailleurs, des Prairies, un gars qui était toujours entre deux eaux, deux pays, deux blondes, deux chaises, deux voitures et deux opérations... un chirurgien anglophone, il avait tout pour lui, tout pour me plaire, faut croire... Rose ne lui ressemble pas, du moins, je ne crois pas, du moins, pas encore... elle ressemble davantage à une femme avec laquelle j'ai vécu quelques années, une femme que j'aimais beaucoup mais que j'ai quittée parce que je me lançais du toit de l'hôpital de temps en temps, le vide m'attirait et je gâchais tout, toujours tout, je faisais dans le suicide à répétition en croyant être pure, jamais dans le compromis, jamais... enfin, tout cela, c'était il y a longtemps, je veux dire, avant les médicaments, avant la mort de Maman, parce que maintenant, c'est fini... c'est terminé le gâchis de la vie. Je ne vous l'ai pas encore dit, mais je tombe amoureuse des hommes comme des femmes, sans distinction, oui, oui... je ne fais aucune différence, moi qui vis dans les corps des autres, ben, dans la sexualité et l'amour, je confonds tout, j'empoigne tout, je fais feu de tout bois, oh là là ! comme c'est intéressant, cette expression : je fais feu de tout bois, je ne dis jamais : fontaine, je ne boirai pas de ton eau... je sais, je sais que vous allez apprécier, les métaphores, c'est fou ce que cela vous passionne, vous, les psys, alors je vous en donne pour mon argent, je ne suis pas mesquine... c'est combien cette foutue séance, cent vingt-cinq dollars les quarante-cinq minutes ? ce n'est pas vraiment cher, je suis chirurgienne, j'ai du fric, j'en aurais davantage si je faisais dans la couture plus esthétique, mais bon, on ne peut pas dire que je gagne mal ma vie, je dois être aussi riche que vous, peut-être même plus... tiens, vous ne vous attendiez pas à ce que je sois aussi vache que ça, mais oui, au fond, je suis sûre que je suis mieux payée que vous, en trois quarts d'heure, je gagne bien plus, je ne vous dis pas combien, je ne veux pas gêner votre contre-transfert, fantasmez, fantasmez sur ma pauvreté, sur ma ruine psychanalytique, je sens que vous bandez moins... le fantasme, ce n'est pas votre truc... l'imaginaire, vous ne connaissez pas trop, il n'y a que le symbolique, pour vous... le problème, très cher, c'est que l'argent, cela a beau être symbolique, c'est aussi du vrai, et là, je dois vous dire que dans le vrai, je gagne beaucoup plus que vous, c'est malheureux, mais il fallait me faire payer plus cher, parce que cent vingt-cinq dollars, pour moi ce n'est rien, des pinottes... je ne jouis même pas de ce que je viens de vous balancer, ou alors à peine, je ne dois pas payer assez, faut croire... de tout cela, je vous dirai que je n'éprouve presque aucun plaisir… la jouissance pour moi tient plutôt de la consommation, oui… un, deux, trois… en général, j'ai tout fini… et je t'ai emballé l'affaire en moins de deux… je me mets, on me met et je remets ça, je m'orgasmie à nouveau, je m'éclatouille, je me saute aux petits oignons en faisant tout sauter, et même la baraque… et ça repart… je jouis à tout coup, une machine à prendre son pied, un bourreau du plaisir, une montre suisse… tout est dans la précision, comme un tueur en série… C'est moi que je mets à mort, à qui je donne l'estocade, vite, vite… la prochaine fois sera la meilleure… une escalade, une montée, une vraie varappe à coups d'accès paroxystiques… jusqu'au septième ciel, jusqu'au bout… la décharge vient, rapide, fulgurante, parce que c'est toujours trop… je ne me contiens pas… je consomme de la salve, je dévore ma libido, j'engouffre les pulsions, j'engloutis le plaisir… soubresauts, secousses, saccades, saccages, j'en reveux… oui, je rebelote, récidive, me remplis, éjacule, me soulage et c'est à recommencer… c'est de la sauvagerie de jouir comme cela ad nauseam, ad lib, ad libitum, ad hominem, ad vitam æternam et j'en passe… encore… c'est cela que je me dis quand je réfléchis à la question…. c'est de la fièvre, une fièvre épouvantablement forte, des tremblements, des convulsions, des épilepsies… faut que je décharge, mon revolver de mots dans la première oreille venue, puis tout le foutre dont mon corps est capable… comme un homme, je sais, pire qu'un homme, parce que encore… encore… c'est une affaire économique, de surenchère et de dépense… je peux opérer les patients à la chaîne, comme je peux jouir une autre fois, la répétition, ça me redonne vie, même épuisée, je reprends goût aux choses… je ne connais que cela, la reprise, once again, one more time, la même chose, s'il vous plaît… encore, cent fois, mille fois, cent mille fois, que cela recommence, sans cesse, toujours, toujours, toujours, arrête pas... enfin, c'est fini, ouf ! parce que avec les médicaments que je prends, il n'est plus question de trucs aussi dingues, les pilules mettent le docteur Forget sur le neutre, sur la glace, au repos, au point mort... je suis rétamée, esquintée... dans le fond, je devrais lâcher la chirurgie, j'ai tout de l'anesthésiste maintenant... endormir les sens, paralyser le monde, faire taire tout ce qui bruit, apaiser les choses, les êtres, effacer l'horreur, la résorber dans un semi-coma, dans le blanc cotonneux de mon esprit, ça, c'est ma nouvelle vocation, faire en sorte que cela se taise, que cela ne bouge pas, en attendant que l'ablation ait lieu, l'ablation définitive de toute sensibilité, mais je n'y suis pas encore, je n'ai pas encore tout coupé... faut que j'apprenne, que je me neutralise davantage, que je me désamorce... encore des médicaments, je vous en prie, tout de suite, autrement, franchement, je n'y arriverai pas, je ne serai pas capable de supporter toute cette merde, je veux dire la mort de Maman, le retour de Florent et les quatre ans de ma Rose, je ne pourrai pas... j'peux pas... j'avais seize ans, la première fois... je me suis dit : ça ne va pas commencer, je ne peux pas tenir comme ça... j' peux pas... un voyage à Chicago, une visite à ma marraine, Marie, comme moi, Flore Marie Forget... un petit tour chez ma marraine, Marie Brower, et chez son mari, un ancien soldat américain... durant la Deuxième Guerre mondiale... mon premier permis de conduire... un voyage à Chicago... déjà dans la voiture, sur le chemin, je n'étais pas belle à voir... paranoïa sur la route américaine... une nausée sartrienne qui me rendait dingue... des visions de mon corps égorgé dans un rest area du Michigan, des images de nous quatre éventrés après avoir bouffé des sandwiches, j'hallucinais des morceaux familiaux éparpillés dans les poubelles qui jonchent les highways du Midwest… que c'est propre les États-Unis, tout de même… mais je me faisais convulsionnaire dans les motels, la nuit… il y avait moi, Maman, Florent et Genêt… nous tous, quoi… les Fenouillard en expédition… c'était la dernière fois qu'on allait être ensemble… la dernière… trois mois après, Florent devenait l'Fêlé, Genêt partait à Paris faire les Beaux-Arts en solitaire et Maman se remariait avec un tout nouveau mari… je la perdais… j'allais vivre seule… je ne sais plus où… quelque part près du parc Lafontaine, je crois, puisque le soir en me promenant, je me fis des tas d'amis qui dormaient et baisaient là où mon chien pissait… ce voyage, c'était la fin… la fin de la cellule Forget… après, tout s'est perdu… j'ai oublié l'enfance, j'ai oublié ma Maman, j'veux dire ma petite Maman d'amour que je couvrais de baisers le soir, et Florent, bien sûr, Florent auquel je n'ai pas voulu, pas pu penser pendant trente ans… Genêt a ouvert une galerie, fait sa vie en France, on le voit deux fois par année, il téléphone, on garde le contact… Chicago, c'était cela… la ville où je suis née, je ne sais pas si je vous l'ai déjà dit, la ville où la famille s'est en quelque sorte éteinte… la dernière fois ensemble… je devais sentir quelque chose, je voyais sûrement les choses venir, parce que vraiment, qu'est-ce que j'ai angoissé à Chicago… et sur la route… c'était physique… terrorisée par la vie, je ne voulais plus bouger, plus du tout… faire la morte… ne pas me laisser prendre par le monde, le monde à la grande gueule toute pleine de dents, prêt à me déchirer, me mastiquer, faire de moi de jolies petites bouchées… Chicago, la nuit, chez Marie, ça a été vraiment la première fois… je veux dire que là, la vérité m'est apparue en quelque sorte… la nuit, chez Marie, dans ma petite chambre, le bruit des trains toute la nuit, le bruit des trains qui sifflent dans le noir, qui crissent, qui décrissent, des trains qui hurlent à la mort... je me voyais en route vers les camps de concentration... je me voyais Juive et bientôt réduite en cendres, en poussière, des cris et puis plus rien... des stridences et du silence... pour l'éternité... du silence pour le reste de l'Histoire... et puis cinq minutes après, toujours un autre train... les trains, je ne savais pas vraiment ce que c'était... j'en avais vu dans les films... j'ai été élevée en Amérique, moi, en ville, dans la banlieue automobilisée... je ne connais pas les trains... les fourgons, les convois, pour moi, c'est l'Europe, la Deuxième Guerre, et ma mère qui fuit sous les obus des Américains, des Anglais, des Canadiens... les sirènes, c'est le Débarquement, c'est le chaos, on bombarde les populations, faut que les Allemands et les Français reculent... on tape sur tout ce qui se trouve sur le chemin, le chemin de la liberté... les trains, c'est là où l'on va parce que l'on ne veut pas y aller, c'est les voitures à bestiaux, la locomotive et, au bout, l'extermination... Chicago, cette nuit-là, c'était en 1942 en Allemagne, en 1944 en Normandie, c'était la guerre, la terreur, et puis le silence... on crie et on n'en parle plus... mais ça revient toujours nous hanter... la guerre, l'atroce... cette image d'une mère qui hurle parce qu'on lui arrache son enfant... dans les livres, à la télé, on apprend que c'étaient les mères les plus difficiles, les plus hystériques, celles qui ne respectaient pas les ordres, le bon ordre du camp... elles hurlaient, elles frappaient, elles se révoltaient, les mères de petits enfants... on vous extermine, O.K., on tue vos enfants, on les réduit à néant, d'accord... mais on ne vous sépare pas de vos petits, on ne peut pas vous séparer de vos enfants... l'idée de ne pas les voir mourir, cela ne se supporte pas... on n'accepte pas le silence à la place des cris au moment de la mort... leurs cris de désespoir face à l'arrachement...

les petits, ça doit mourir dans nos bras… c'est épouvantable cette image d'une mère qui va à la mort sans sa fille ou son fils, petit, petit, d'une mère qui meurt en pensant à son enfant qui voit la mort seul, abandonné, terrorisé, dans l'ablation de la mère, dans l'amputation de l'enfant… silence, on coupe… il faut bien une hache pour séparer l'enfant de la mère… faut vraiment taillader les corps pour mettre à exécution une telle rupture, un tel démembrement… ça me hantait tout cela, à Chicago en 1972… un point, c'est tout et je n'ai pas dormi cette nuit-là, la nuit de mon arrivée chez Marie, ma marraine, et pas davantage les nuits qui ont suivi… je perdais la boule… moi, la petite Juive, la petite Anne Frank qui allait crever éventrée par les troupes américaines, dans le chaos du Débarquement… je me méfiais de tout le monde… je ne mangeais plus, je tremblais, je délirais, je suais jour et nuit, je ne voulais me confier à personne… pourtant, j'avais dit quelques mots à Florent… je lui avais parlé de l'affaire et du complot contre moi, contre nous, de la guerre passée, de celle à venir… j'ai souvent pensé que ce salaud m'a volé ma maladie, qu'il a vampirisé ma psychose, à Chicago… Glop, glop… je lui avais tout raconté à ce taré, et voilà qu'il s'est barré, le délirant, quelque trois mois plus tard, et que l'on n'a presque plus rien su de lui… de temps en temps, une lettre bien rédigée, d'une écriture fine, serrée, une lettre à en-tête écrite par le chef d'un établissement psychiatrique quelconque en France, en Allemagne ou en Italie, dans lequel Florent trouvait refuge après avoir vociféré dans les rues et promis le pire aux passants… les asiles, c'est là qu'il prenait pension, l'Fêlé…. on recevait de temps en temps quelques mots à son sujet… pas grand-chose, au début, surtout au début, oui, et puis plus rien… le vide, le silence… des années sans un mot, sans un signe… que du blanc… de lui, rien, rien pendant trente ans… sauf cette lettre, une fois, au début aussi, je veux dire peu après son départ, une lettre dans laquelle il nous parlait de la cloche… celle d'un livre d'enfants, la cloche qui l'avait appelé, qui l'avait sonné, sommé de partir… une cloche pour laquelle ça avait toujours sonné faux, une cloche qui clochait, en quelque sorte… une vraie cloche, ce frère, une cloche fêlée, justement… ce sont mes trains qui lui ont fait entendre la cloche de l'enfance… un orchestre dans la tête qu'il a, ce type… un brouhaha du tonnerre, ça pétarade, carillonne… je lui avais parlé de mes trains, de mes sifflements dans la nuit, et le voilà qui s'est mis à entendre les cloches sonner, cela n'arrêtait plus… avant qu'il ne se casse, il nous entonnait : « Frère Jacques, sonnez les mâtines » à tout moment de la journée… à en être sonné, complètement sonné… je vous fais rire, non ? le signifiant ne nous lâche plus… mais, sans rigoler, je persiste à croire qu'il m'a piqué ma psychose, ce type… je pense même qu'il est revenu pour me rendre mes biens, pour rendre à César ce qui lui appartient… parce que c'est fou combien je délire depuis son retour… les cloches qui reviennent de Rome et d'Europe à Pâques, cela ne peut que vous rendre cinglée… Maman est morte un Vendredi saint… je ne me souviens pas si je vous l'ai dit… de toute façon, vous avez déjà sûrement oublié, non ?… après mon épisode des trains et ma vie à la Anne Frank, on est vite retournés à Montréal, vite, vite, on s'est dépêchés de me rapatrier, je suis allée quelques semaines chez mon père, à Québec, qui avait un ami pédopsychiatre… un ami sûr qui me prescrivit de quoi dormir… un anesthésiste, quoi, comme moi, maintenant… les choses sont rentrées dans l'ordre… je ne sais plus comment, plus vraiment comment l'angoisse s'est résorbée un temps… parce que c'est toujours cela qui revient, quand je ne fais pas attention… quelque chose a fini par me sauver des trains, je les ai loupés ceux-là, ceux de 1972, je suis restée sur le quai… c'est peut-être un concours de circonstances qui m'a permis de m'en sortir, du moins un bout de temps… peut-être le sommeil, peut-être l'air de Montréal, peut-être mon père, peut-être l'éloignement de Chicago, de l'Europe, une mise à distance… pourquoi l'Europe à Chicago ? Je ne sais pas, souvent, j'ai pensé que ma maladie, c'était la Deuxième Guerre mondiale… maladie du siècle passé, maladie de ma mère, de ma mère française, cette fille de l'Europe, cette fille de la guerre… je me suis toujours fait l'effet d'une Allemande… je n'ai jamais pu liquider l'histoire… ce n'était pas la mienne, pourtant… même pas la mienne… auprès de mon père, je trouvais comme un bien-être… un gaillard, mon père, un Québécois de grosse souche, un dentiste, un arracheur de dents, un homme qui faisait dans l'extraction du bobo… *viens ici que je t'extirpe le mal*, et il y arrivait… pour un temps… sa femme Céline tout aussi costaude que lui… une orthodontiste qui remettait la vie d'aplomb et les dents droites illico presto… ils m'ont fait du bien à mon retour de Chicago… un bien fou… elle m'a collé des broches, la Céline, et le tour était joué… une vraie pro… j'avais les gencives bardées de fil de fer… les trois pères sont des gars comme ça, des costauds… Maman a choisi des hommes semblables, presque des frères… et on remet ça à chaque amant, à chaque grossesse… trois enfants, trois pères vigoureux, trois Québécois robustes… mais c'était autour de ma mère qu'on était ensemble… une petite famille… une famille de fous… on ne porte pas le nom de Maman, pourtant… moi je suis une Forget… elle ne voulait pas donner son nom, son nom à elle : Hubert… ma mère s'appelait Violette Hubert, un joli nom, mais pas ce qu'elle voulait pour nous… ma mère voulait oublier…

le passé, sa famille, son nom… je ne connais pas bien mes oncles, à peine mes tantes… jamais vu mon grand-père… après la guerre, il ne restait que ma grand-mère… je sais peu de choses d'eux… ma mère avait tout oublié… sauf cela, les morceaux de corps, le Débarquement, quelques bruits de trains, la faim aussi, la faim, à la fin, je veux dire… et la guerre, elle me l'a donnée, elle m'en a contaminée… je suis la Deuxième Guerre mondiale… je suis un champ de bataille en Normandie… je suis un camp d'extermination en Allemagne ou en Pologne… je suis la faim qui tenaille l'estomac… je suis les pommes de terre pas cuites que l'on bouffe, affamés dans les champs, je suis cela… je suis la peur au ventre… le bruit des bottes… la frayeur au bruit des chaussures sur le carrelage… et les défécations après avoir vu sa mort dans une tranchée… je suis cela, oui, les défécations, parce que c'est cela mes nuits, vous m'entendez ? vous ne savez pas de quoi mes nuits sont faites… de corps en putréfaction, de charniers et des excréments humains… il faudrait m'exorciser… tous ces corps en morceaux, découpés, calcinés, dépecés, morts, morts, morts, vous entendez la mort ?… le bruit des trains, le bruit des tanks, le son que fait le nom de ma mère Violette Hubert, c'est tout cela… et c'est cela mes jours, des cadavres, des malades, des membres que je recolle, des choses que je mets bout à bout, et puis la mort que j'anesthésie en m'anesthésiant, la mort que je veux tuer à coups de bistouri, *eh bien, toi, ma salope, tu peux imaginer que je t'aurai la peau…* je suis chirurgienne… pas chirurgienne de guerre, mais bien à l'hôpital… de tous les combats, je lutte pour la justice, pour la vérité et aussi contre cette ordure de mort… mais qu'est-ce qu'on a à vivre, s'il faut crever sur une table d'opération ou sous un bombardement ?… qu'est-ce qu'on fout là ?… à se poser depuis toujours les mêmes questions, sur la vie, sur cette pourriture de mort ?… il y en a marre… toute ma vie, j'ai voulu révéler le scandale, dénoncer le mal, la connerie, l'absurdité des humains qui continuent à faire semblant que tout va bien, j'ai voulu être le cavalier de l'Apocalypse… qu'on en finisse ou encore qu'on fasse quelque chose de bien, quelque chose de grand… mais je gâchais tout, sans le savoir… je me pourrissais la vie… et puis l'Fêlé a débarqué, Maman est morte, j'ai pété les plombs, j'ai déjanté, déchanté, j'ai entendu le bruit des trains, et c'était reparti comme en 14, en 42, en 44 et surtout en 72, en 1972 à Chicago… j'avais seize ans… heureusement que j'ai mes médicaments, vraiment je ne peux que remercier la science… un peu Freud, oui, tout de même, un tout petit peu… puis vous, vous, de temps à autre, vous qui m'aidez quand même un peu, je ne sais pas encore à quoi, mais tout de même, je sens que vous me faites du bien, un effet, vous me faites de l'effet, voilà… un certain effet, pas juste anesthésiant, pas juste sédatif, vous mon paradis artificiel… autre chose, oui, autre chose… je m'attache, je m'accroche à vous, à ces séances… je pense souvent que Florent devrait venir vous voir, que ce serait à lui de venir délirer sur votre divan et se rouler sur vos coussins cramoisis… c'est comme si je vivais la folie d'un autre, même si j'ai en même temps la conviction très nette qu'il m'a chapardé ma psychose… j'avais le copyright sur ma folie, non ?… O.K., ce n'était pas complètement à moi, tout ça, peut-être qu'il y avait pas mal de choses à ma mère et puis à son père à elle, amputé de la guerre de 14, amputé de la jambe droite… des membres, des morceaux de passé qui se baladent, se transmettent de génération en génération, de parent à enfant, de frère à sœur… jamais rien de complet, d'intégral, d'achevé, mais plutôt toujours, toujours du morcelé, du découpé, du dépecé, du mort… il y a la nuit, il y a la mort... et surtout depuis sa mort à elle... j'aimais tellement ma mère, je ne me rappelle pas avoir eu avec elle la moindre dispute grave, je l'aimais tant... le cadavre de ma mère rigide, froide au milieu de la pièce, une grande pièce blanche... ma mère livide, exsangue, blanche, oui, dans sa chemise de nuit, son étoffe de morte, allongée au centre de cette chambre toute blanche, comme elle... quelque chose comme de l'albâtre, une morte marmoréenne très pure, majestueuse, digne, très digne... la paix, celle que je ne lui ai pas vue, quand je l'ai retrouvée froide et recroquevillée sur son lit d'hôpital... elle est morte seule, ma mère, pendant que j'opérais un patient qui s'était ouvert le thorax en voiture, ou quelque chose du genre, j'oublie... elle est morte toute seule, ma mère... je ne pense pas que je vais me le pardonner, je ne pense pas que l'on se pardonne ça... ce serait trop facile... il n'y aura pas de paix ni dans la vie, ni dans la mort... en tout cas, pas pour moi... j'essaie fort pourtant... mon rêve me souffle quelque chose... c'est mon rêve de cette nuit que je vous raconte là, mon rêve de cadavre de la nuit passée, mon dernier rêve, mon rêve tout chaud de corps tout froid, tout paisible, et puis cela change, cela se gâte, tout se décompose... un chien arrive pour la bouffer, ma mère, un chien tout noir, vraiment effrayant, avec des yeux jaunes, les poils longs en bataille, sales, ébouriffés, un chien méchant, très laid, un chacal, un charognard, mais c'est aussi un corbeau, un sale oiseau de malheur, comme l'Fêlé, celui qui est venu nous annoncer la mort de Maman... maudit corbeau... maudite chimère... cette bête répugnante renifle ma mère, tourne autour, s'élance en la mordant... elle ne reste jamais longtemps sur le corps blanc de Maman, mais dès qu'elle s'approche, elle lui arrache rapidement des bouts de chair, des bouts de blanc, qui laissent apparaître de la viande noire avariée, toute pleine de vers… l'oiseau-chien bouffe ma mère et fait apparaître la vermine de ce corps, ce corps devenu boursouflé, rongé de gros vers, et moi, moi, je suis là, impuissante, je regarde la scène sans pouvoir agir, je ne peux rien faire, mais je vois, je constate, j'ai une violente envie de tuer cet animal, avec mon bistouri, mes pinces de chirurgie… j'ai envie de le dépecer, ce sale cabot… ça me tenaille, ça me crucifie, mais je ne peux rien faire, je ne peux pas… c'est comme ça, ça a toujours été comme ça… je me raisonne… je n'y peux rien… j'ai fait le serment d'Hippocrate… je ne vais pas me servir de tout cela pour un meurtre… le chien couine… de lui sortent des sons répugnants, étouffés, des piaulements stridents qui me donnent froid dans le dos… croâ, croâ, croâ, je voudrais lui tordre le cou à cette chimère, au vieux corbeau, le réduire à néant, lui arracher *la tête, les yeux, le bec et le reste… alouette… gentille alouette, alouette, je te plumerai, et les yeux, et le bec et la tête, ah…* mais je ne suis que paralysie, je n'ai plus aucun pouvoir… le corbeau s'arrête, silence, il est repu, le monstre, il n'en bouffera pas jusqu'au bout, l'infâme… c'est à moi de finir le travail, de mastiquer ma mère, de la digérer, je me mets à prendre des morceaux du cadavre et à les mâcher, et puis j'attaque les vers, je dévore… j'engouffre l'immondice… je ne sais pas comment c'est possible tout ça, manger sa mère morte… et tous les vers, vraiment, mais je le fais, j'ai une faim brutale, une faim grande de chair et de sang… dans mon rêve, je me souviens avoir pensé à Œdipe, à certaines amours qu'on n'évite pas, et puis à Bataille, un texte de Bataille sur son goût des morts, son amour pour sa mère, sa nécrophilie incestueuse, mais je n'ai jamais rien lu sur comment bouffer sa mère morte, comment finir le cadavre déliquescent de sa Maman, je me réveille en sursaut… il n'y a que vous qui connaissiez la recette, la recette de la mère au corbeau, de la mère crue au corbeau repu.... sans sel, vraiment sans sel et sans aucun condiment... juste une mère morte, quelques vers blancs et un gros corbeau canin bien répugnant... vous faites cuire le tout pas très longtemps... le temps de l'enfance, quoi... le temps d'une vie ou deux... faut pas faire trop mijoter, c'est le genre de truc que l'on mange juste à point... une de mes collègues à l'hôpital, une chirurgienne comme moi, mais elle est ophtalmologue, me racontait un jour que sa mère française avait bouffé du corbeau mort, pendant la guerre... elle avait trouvé un volatile sur la route et avait commencé à saliver tout de go... un corbeau mort, elle avait adoré cela... vous pensez, c'est de la viande quand même, de la chair... en pleine guerre, c'est un luxe... elle était enceinte, sa mère... enceinte de sa fille Françoise, la chirurgienne de l'œil... la mère se lèche les babines d'un corbeau mort : c'est qu'on a des envies quand on est enceinte... il n'y a pas juste les cornichons et la crème fouettée, et puis c'est la guerre... Françoise, elle a mangé du corbeau faisandé, malgré elle, ingestion fœtale... elle a consommé de l'oiseau mort... je ne sais plus dans quel contexte elle m'a raconté tout ça... elle riait avec moi... mon rêve, c'est le juste retour des choses, ce n'est pas la fille qui bouffe du corbeau, mais la mère qui se fait dévorer... j'aimais tellement ma mère... je comprends les cannibales, vous savez... j'aimais tout en elle, tout, même son air de macchabée à l'hôpital, même son corps si fragile... et je l'ai laissée mourir seule, et je l'ai laissée mourir... je ne suis pas oncologue... qu'est-ce que je pouvais faire ? je ne suis que chirurgienne... quand je perds un patient, c'est terrible... je ne m'en remets que très lentement... c'est terrible de ne pas tuer la mort, de ne pas la vaincre, l'engueuler jusqu'au bout... *mais vas-tu m'obéir, sale chienne, couche-toi à mes pieds, c'est moi qui commande*... je suis médecin, je me bats contre toi... ce rêve, je ne sais pas... je n'en sais pas plus... je vois pas grand-chose dans tout cela... il n'y a que vous, monsieur le psy, pour m'aider dans la digestion de la vie... dans l'assimilation du corps de la mère, des corps de la guerre, des corps laids et des corbeaux, dans le transit maternel, quoi... je fais dans la dyspepsie, dans le ballonnement et la flatulence aujourd'hui... ça me reste en travers de la gorge, ça me reste sur le cœur... j'ai envie de vous renvoyer toute ma vie sur le divan, de vous régurgiter ma mère... je me suis réveillée, ce matin, avec la sensation d'avoir des milliers de petits vers blancs bien grouillants dans la bouche... je me suis réveillée la gueule pleine de ma mère... je n'avais qu'une terrible envie de dégobiller, et puis cela m'a passé, j'ai pris mes médicaments, j'ai fait ma journée calmement, sûrement, sans ennuis, grâce à la chimie et ses merveilleuses petites pilules multicolores, puis je suis allée à l'hôpital, quelques coups de bistouri aux bons endroits, et me voilà ici, sur vos coussins cramoisis, me voici... et puis ce soir, ce sera encore l'hosto, je suis de garde, une journée bien normale, en somme... les médicaments, ce n'est pas parfait... je leur en veux quand même de ne pas toujours m'éviter le pire... les cauchemars et le reste... un psy m'avait promis que je ne rêverais plus, tu parles... faut que j'aille le voir, ce connard, faut arrêter la machine à cadavres, faut stopper les images dans ma tête... je veux qu'on me surgèle la cervelle... je veux que cela arrête de produire la nuit... ça fonctionne tout seul, le mécanisme des rêves... c'est inhumain de laisser les gens souffrir comme des bêtes, à l'heure actuelle... il doit bien y avoir des substances plus efficaces, je ne peux pas croire... franchement... parfois, je me dis qu'il n'y a plus que vous... je vous raconte ma vie et puis celle des autres, la bouche toute remplie des morceaux du passé… je viens chez vous avaler tout cela, boire le calice jusqu'à la lie et me faire travailler les entrailles… je viens m'intestiner, tout ingérer, tout digérer… je bouffe des morceaux dans mes rêves, tous les bouts de cadavres et de chair qui traînent, et je viens chez vous pour la digestion… vous êtes mon gastroentérologue… vous surveillez les entrées et les sorties… vous vous occupez de la merde, de ma merde de vie… vous suivez, dirigez toute cette pourriture à travers mes organes et boyaux, vous êtes là, au moment de l'évacuation, pour bien vérifier ce que j'ai gardé, ce que j'ai expulsé… depuis l'enfance, depuis toujours… vous contrôlez le processus… je peux compter sur vous… vous n'allez pas les louper, mes déjections… je vous entends : *votre mère, ici, voici que j'en vois un bout qu'il vous faudra remastiquer encore, cela ne se digère pas comme cela, la mort de votre Maman, ma petite, faut y mettre du sien… faut bien assimiler la vie… remâchez-moi un peu de votre enfance… mais il en reste toujours un gros morceau… alors, on recommence…* et moi, je rumine, moi, je renvoie ça dans la panse et dans la pensée, je reviens trente-six heures après avec un rêve, pour vous prouver que les sucs gastriques commencent à fonctionner… je vous chie du signifiant, et puis vous êtes content, jamais trop content, mais quand même un peu, assez pour que l'on continue encore… *on s'arrête ici pour aujourd'hui…*

Ben, c'est ça, moi j'arrête ici, pour aujourd'hui, c'est fini.

3

O.K., ce n'était pas une idée géniale. Il y a deux nuits, j'ai bourré mon corps débile de médicaments et d'alcool. Ce n'était pas très malin. Et quand j'ai dégueulé dans la nuit et que l'Fêlé s'est précipité hors de sa chambre pour m'aider en me parlant de la décomposition de Maman dans le cimetière, j'ai regretté, franchement regretté. Ce n'est pas comme ça que je vais m'en débarrasser, de ce connard ! Et quand ma fille a pleuré et que j'ai eu du mal à me lever pour la consoler, la lover dans mes bras, je ne me suis pas trouvée particulièrement futée.

Je demande pardon et je rends grâce à Dieu de m'avoir épargnée, de ne m'être pas endormie pour toujours dans les effluves inodores de mes petites pilules. Je ne veux pas me suicider. Je ne veux pas que mon corps pourrisse comme celui de Maman. Je n'appelle pas la mort. Il faut continuer le grand cirque, mais en aboyant avec les loups. Et surtout ne pas faire de mélange. Juste des antidépresseurs. Rien de plus. Je vais me mettre à l'Effexor, trois fois par jour, 75 mg. Aux repas. Je me calme. Je dois être sage et parler au psy de ma pulsion de mort. Il va bander, c'est sûr. La venlafaxine m'aidera. Je veux juste arrêter de rêver, de produire du morbide. Je nettoierai la nuit des cadavres qui la jonchent, qui la bercent depuis l'enfance. Je fais la paix, je bats en retraite, je me planque et je me trahis.

Pendant que l'Fêlé, dans la pièce à côté, se trouve en grand conciliabule avec quelques copains ramassés dans une ruelle quelconque, je me mets à chercher frénétiquement les numéros de téléphone de quelques voyants, extralucides ou marabouts timbrés qu'une réceptionniste m'a donnés en catimini, à l'hôpital. Là, on répète à qui mieux mieux que le docteur Forget pète les plombs, mais les qu'en-dira-t-on, les rumeurs de couloir et les mines pleines de sous-entendus ne me touchent pas. Je les emmerde, tous ces cons. Avec eux aussi, je pactiserai et je hisserai le drapeau blanc. Où est-ce que je l'ai mise, cette liste ? Je dois me dépêcher. Je travaille à l'hôpital à six heures ce soir et je ne retrouve plus le répertoire des devins, qui était simplement ici sur mon lit. Bon ! Le voilà ! Je commence à composer le numéro, et bien sûr, c'est le répondeur. Il ne faut pas être pressé… Les spirites souhaitent-ils que je crève doucement, à petit feu, du chagrin immense d'avoir perdu ma Maman, de la peur paralysante d'être aussi cinglée que mon frère ? Ils ont peut-être envie de me voir passer l'arme à gauche. Toujours un répondeur… Ils ne peuvent pas deviner, ces crétins, que j'appelle ? Ils ne sont vraiment pas fortiches dans la profession ! C'est une conspiration, et l'Fêlé qui déblatère, dans l'autre pièce, des sornettes à ses amis dégénérés qui puent la merde à trois kilomètres et qui me vident mes bouteilles de scotch. Vont-ils se la fermer, ces parias, que je puisse écouter la voix exaltée de mon futur ? Ça socialise, les fous, ça se tient en meute et ça se serre les coudes, ça blague, ça bavarde dans toutes les langues, ça badine et tout à coup, ça redevient sérieux, ça jauge la situation économique et ça donne son opinion. J'ai pensé à tout ce qui m'arrive. Je ne peux pas emmerder encore mon psy. J'ai quatre séances par semaine. Je suis lessivée de me raconter. J'ai besoin que l'on me cause, qu'on me fasse des promesses. Vont-ils se taire, les amis de mon frère ? Je suis lamentable de me laisser faire ainsi. J'élimine certains noms de cette foutue liste. Je raie, je rature. Rien qu'à entendre les voix nasillardes enregistrées pour l'éternité sur le répondeur, je sens que je n'ai pas envie de me faire exorciser par ces nases, pas envie de léviter. Je ne joue pas à la pythie avec le premier venu. Des voix mollassonnes, des voix gélatineuses de faux prêtres endormis par le ronron de la machine à leurres. Non, merci ! J'aime mieux alors me faire chanter une berceuse freudienne sur mon divan douillet. Il doit bien y avoir quelques voyants un peu costauds à Montréal. Ce ne sont pas juste des mauviettes, des imposteurs somnambuliques. Je parle finalement à un spécialiste, j'obtiens un rendez-vous. J'ai éliminé une femme qui, d'emblée, ne me demandait pas assez cher. Je ne vais pas chez les pouilleux, moi. Je ne fais pas dans les soldes. Maman est morte et moi, je suis vivante. Mon frère est dingo et moi, je suis chirurgienne à l'urgence. Je fais une dépression, très certainement, mais je ne suis pas aussi folle que lui. Faut quand même pas que la paix ne me coûte rien. Comme tout vaincu, je dois faire pénitence, payer les réparations. Je vais aller rendre visite au voyant dès aujourd'hui. À vingt-trois heures, pendant mon horaire de garde. Il crèche juste à côté de l'hôpital. Ses tarifs sont semblables à ceux d'un chirurgien et sa voix n'a rien de belliqueux.

Je ferme la porte de ma chambre derrière moi, et aussitôt je vois un des amis de mon frère sortir de ma salle de bains, l'œil complètement hagard. Il est allé se piquer. Mais qu'est-ce que toutes ces loques foutent chez moi ? Je ne suis pas l'Armée du Salut. Il y a quelques jours, c'était l'anniversaire de l'une des épaves, et en me faisant réchauffer un morceau de pizza, à minuit, à mon retour de l'hosto, j'ai entendu le groupe baroque se chamailler dur. Il y en avait un qui hurlait, qui pleurait, parce qu'il était en train de se taillader l'annulaire pour l'offrir au célébré du jour. J'ai dû séparer tout le monde, rétablir un semblant de climat pacifique, les foutre gentiment dehors et en être quitte pour une petite couture à l'annulaire que cet idiot avait commencé à trancher. J'ai fait promettre à mon frère de me débarrasser de toute cette racaille, d'aller fêter dans les couloirs de l'urgence ou encore dans une ruelle quelconque. Ma maison n'a rien de la soupe populaire et je ne pratique pas la médecine de guerre. Et les revoilà, encore, mais qu'est-ce qu'ils ont à se retrouver ici ? Je vais vers mon salon. L'Fêlé me présente immédiatement Manfred, ce cadavre qui sortait de mes toilettes, Viola, une fille de trente ans, au visage complètement défait et au nez rouge, et Missouri, un ami américain et édenté, qui a l'air d'avoir une merveilleuse maladie de peau. Ça vaudrait presque le coup que je me penche sur le cas. Ils tiennent à me serrer la main, me sourient en titubant. La psychose, l'alcool, les drogues les gardent en vie, pour encore quelque temps, et puis il est bien possible que tout ce beau monde disparaisse tout à coup, sans crier gare. Plouf ! et on n'en parlera plus des petits amis du Fêlé. Ça se détraque vite, un fou. C'est foudroyant, les ravages. Tout se met à dysfonctionner subito presto. Ça se met à dégénérer. Ça périclite... Et même plus vite qu'une fille comme moi.

Quand Manfred m'attrape la main, il la garde longtemps. Il hurle tout à coup et dit que je ressemble à sa mère morte. Les autres déjantés entourent Manfred et commencent à rire de bonheur, à se toucher partout les uns les autres et à opiner du bonnet. Oui, c'est très fort... C'est bien là, devant eux. Les quatre compères voient tous que je suis la mère de Manfred, même s'ils ne l'ont jamais rencontrée... Je me croirais à l'urgence.

Je ne suis que chirurgienne, et je recouds la vie. Je peux lui coudre la bouche, à ce Manfred. Avec du fil solide. Rien de compliqué, mais je n'ai pas envie de m'occuper des âmes assaillies, des esprits assiégés. Je ne bouge pas, me tapis dans mon silence obstiné. Manfred n'arrête pas de hurler et m'embrasse la main. *Aïe, aïe, aïe. Vous voyez ce que je vois, elle fait de moi son esclave,* qu'il crie, le pauvre homme. Et le chœur des parias de reprendre : *Oui, Oui, nous voyons. Aïe, aïe, aïe.* Pour le coup, Viola commence une danse frénétique, debout sur mon canapé. Manfred entend la voix de sa mère à travers mon mutisme. Elle l'appelle secrètement. Il promet de la rejoindre dans l'au-delà. Elle ne sera pas venue pour rien. Autour de moi, ils ne voient tous que ténèbres, mais je ne bronche pas. Manfred lâche finalement ma main et se met à avoir peur de moi. Le voilà qui tremble en bavant dans mon salon. Tous ses amis se sont calmés et vaquent à leur folie habituelle. Manfred a besoin de repos. Son esprit est en bataille. Les autres s'en lavent les mains. Il s'arrête tout à coup. La crise est finie, Manfred oublie tout et engouffre une autre bouteille de rhum. Mon frère me sourit.

Dans d'autres circonstances, j'aurais été troublée par cette ressemblance avec une vieille dame morte, et puis cette histoire m'aurait fortement mise en colère. J'aurais piqué une crise carabinée et aurais liquidé le Manfred rapidement en l'assaillant de toutes parts de mes propos mitraillés. Avec moi, il n'y a pas de quartier et aucun abri fortifié ne tient le coup, mais depuis que Maman est partie, que l'Fêlé est revenu, que je me bombarde le corps de pilules, je capitule, j'accepte les choses telles qu'elles se présentent, et presque dans la bonhomie. Les médicaments sont merveilleux. Je vois tout de très loin. Je suis anesthésiée, complètement pacifiée. Je me fous de ces fous. Qu'ils aillent se faire foutre ailleurs ou même sur ma moquette, si cela leur plaît. Aujourd'hui, je me suis administré les bonnes doses. Effexor est magnifique, un vrai prodige. J'ai un peu la bouche sèche, mais rien de bien grave. Je vais à l'hosto, complètement détendue. Mon épisode d'il y a deux nuits m'a permis de bien redoser. Les coutures, je les fais dans la joie. J'ai envie d'être très minutieuse. Les points de suture m'excitent.

À vingt-deux heures, je me retrouve devant la porte de l'immeuble du voyant, rue Hôtel-de-Ville. J'entre sans frapper, comme convenu au téléphone, et je m'installe dans le petit salon à droite, alors que j'entends des chuchotements de l'autre côté du mur. Des murmures, des secrets, du ténu, de la vie qui se glisse, lubrique, dans les interstices des signes. Il fait chaud dans cette pièce. Il fait bon dans ce fouillis innommable, clinquant, dans ce lieu familier dont on ne peut rien dire. Les bruissements d'une voix rauque créent un petit bruit constant derrière une porte, au loin. C'est le ronron de la destinée. J'entends qu'on sort. Apparaît un enfant. Il doit avoir huit ans. C'est un môme à qui l'on vient de prédire les malheurs et les joies, les coups de théâtre et de force de son existence. J'ai envie de partir, de quitter le salon-capharnaüm du jeteur de sorts aux gamins. Mais Jessy est là qui sourit dans l'embrasure de la porte. J'aime immédiatement ce géant noir qui vient de Louisiane, comme me l'a dit l'infirmière aujourd'hui. Un envoyé des morts, un prophète à breloques et à bracelets tintinnabulants, un ange déchu, tombé de je ne sais quel ciel. J'ai tout de suite envie de le suivre, de lui tendre la main et de m'approcher de mon avenir qu'il porte presque, dans ses grands bras.

Son bureau est là. Maman aussi. C'est elle que Jessy voit tout de suite, lorsque je m'assois sur la chaise de bois qu'il me présente fermement. Il se place en face de moi, me regarde environ dix secondes qui me paraissent bien longues et laisse tomber, laconique, simple : *Ah ! Ah ! Vous avez amené votre mère. Oui, oui. Très bien, très, très bien, mais je prends plus cher, quand c'est pour deux personnes. C'est d'accord ?* J'acquiesce à sa demande en cherchant désespérément Maman des yeux. Je l'imagine taquine, juchée peut-être sur une étagère de bibliothèque, ou encore coquine, cachée dans les plis des rideaux vertigineusement lourds qui entourent l'immense fenêtre. Je l'imagine gamine, jouant à cache-cache avec ma douleur, avec cette peine sourde qui me tord les entrailles. Il me faut cesser ce jeu. Je veux bien tout payer, me ruiner par amour, liquider le futur pour la faire apparaître. Je veux qu'elle soit là et même à crédit, dans la faillite faramineuse de ma raison absurde. Elle me manque tant, ma mère adorée, ma petite violette dont je ne peux plus faire de bouquets. Elle serait là, me dit-il, et je ne la verrais pas, je ne la verrais plus, moi qui ai passé ma vie dans l'éblouissement de sa vue ? Jessy me demande de respirer, de sentir ma mère. Une odeur m'entête. C'est son parfum de violettes qui faisait d'elle un fantôme, jadis, de son vivant. Je me rappelle avoir apporté dans mes bagages, bien souvent, des bouteilles de cette *Acqua di Parma* dont elle s'aspergea toute sa vie. Ce parfum enveloppe la pièce, la bénit, l'enrobe de plaisirs morts et suaves. Je me retrouve seule avec cette ombre rose et violette et ce colosse noir, cet impossible Jessy qui a le pouvoir de faire tourner les tables, de faire apparaître les mères et ressusciter le temps. Ma mère est là, magnifique, grandiose, tendre et engageante, effluve amplectif. C'est une joie folle que de la trouver là, ma Maman qui sent bon le passé et l'avenir. Elle s'excuse très vite de m'avoir fait faux-bond, d'avoir souhaité la fin et même le paradis. *À la fin, c'est trop dur. On cherche un jour la mort, on l'appelle, on aboie, on jappe fort pour la faire venir.* Eh oui, elle est venue, et elle a dû partir, et je n'étais pas là. Je recousais du corps, plus bas, dans une autre aile. L'hôpital est grand. Et quand la mort s'amène, on ne la fait pas attendre. Et quand la mort cogne, faut la laisser frapper… Elle est partie bien vite, ma petite Maman, mais pour partir encore, il lui faut mon pardon. *Tu te rappelles quand tu étais enfant, je te racontais ces femmes dans les camps qui souffraient tant de se séparer de leurs petits. On les faisait mourir, les mères, les enfants, simplement en les arrachant les uns aux autres. Leur dernière pensée aux mamans dans le four était pour cet autre gouffre médéen où les petits mouraient seuls, dans la terreur. En mourant, ma Florette, j'ai pensé que tu mourrais un jour sans moi. Je n'ai pas pensé que je mourais, que veux-tu. Je suis mère. Je voulais me lancer dans la mort, m'y noyer. Tu sais combien elle est séduisante. Tu l'as toujours tellement aimée. Je l'appelais de tout mon corps. Mon corps amputé des seins et puis du reste, tout le reste. Ce fut fulgurant. Tu te rappelles… Ton collègue chirurgien qui m'a opérée t'a dit que j'étais pourrie de partout. Tu as pleuré. Tu es venue me rapporter ses mots, à ton abruti de collègue. Nous avons ri. Tu me disais tout. Nous riions d'un rien. La mort, je la désirais, voulais m'y perdre et ne plus souffrir. Ça fait mal, le cancer. Qu'est-ce qu'on souffre ! Une vraie horreur. Tu t'en es voulu en me voyant souffrir d'avoir été si dure avec tes patients éventrés et mourants. Parce que c'est vrai qu'on souffre. Tellement que c'est pas croyable. La mort est arrivée dans la nuit et je lui ai demandé de m'emporter. Je me suis dit qu'elle ne repasserait pas tout de suite. Il ne fallait pas rater le coche. Mais je pensais seulement à mes enfants. On ne se refait pas. On est mère… Je mourais seule, mais je ne pensais qu'à toi. Je me disais qu'un jour tu mourrais sans moi. Et je m'en voulais, terriblement, ma petite fille d'Auschwitz, perdue dans un monde où tout est coupure. C'est la coupure que tu n'aimes pas, Flore. Tu recouds, tu recouds et tu trouvais que mes coutures étaient mal faites. Que cela laisserait des cicatrices. Tu as engueulé ton cochon de collègue. Mais je suis morte et il n'y a plus de cicatrices. Je suis bien où je suis, dans le mauve, dans le rose. La mort est une couleur. Rien de plus. Une couleur un peu triste tirant sur le violet. Je suis bien là-haut. Je ne peux pas t'expliquer. Au moins, il n'y a plus la mort. Quel soulagement ! Je n'ai plus peur de vous laisser, de ne pas te voir grandir, qu'un malheur nous arrive. Pour moi, c'est du passé. C'est un repos très grand. Pardonne-moi, Flore, de n'avoir pas été mère, jusqu'au bout, jusqu'à la fin. Je t'ai abandonnée, ma grande fille blanche. Mais je n'en pouvais plus. J'en avais marre de ce cancer, de ce truc fulgurant, comme en accéléré. La mort qui galope et puis qui nous rattrape. On a envie qu'elle gagne et qu'on n'en parle plus. Je n'ai pensé qu'à moi. J'espère que tu ne m'en veux pas. Que tu feras avec la mère qui flanche, la mère qui fout le camp, la mère qui ne sait plus, qui hurle à la mort. Tout à coup, la mort vient, et c'est très bien ainsi. Comme enfin un bonheur. Il est bon de pouvoir fermer l'œil et de ne plus avoir peur. Je t'ai laissée, ma Flore. Il faut croire que je l'aimais, la mort, que je la désirais plus encore que de rester auprès de mes marmots. Quand vous étiez petits, j'avais eu ce grave accident pendant un voyage en France. Je roulais sur une route de Normandie, à toute allure. Et paf ! Dans le fossé ! Presque dans la mort. Tu ne me l'as jamais pardonné. Tu m'en voulais tant de voyager sans toi. Petite, tu étais cannibale, piranha, ma fleur carnivore. Je devais toujours être proche de toi, t'aimer, te caresser. Tu étais un tyran, Flore, et cela même enfant ! Tu m'aurais bouffée toute crue. Cela parlait dans ta tête, avant même que tu ne parles. Les médecins disaient : acouphènes et hallucinations auditives. Ils examinaient tes oreilles ou ta gorge et c'était comme un poste radio. Des ondes hertziennes. Mais toi, tu disais que c'était ta voix intérieure, ta voix intime, ton syndrome de La Tourette, des voix qui fusent, qui engueulent, qui hurlent, des voix de catapulte. Des voix terribles avec lesquelles tu faisais bon ménage. Tu es un monstre, Flore. Tu es dure comme le roc. Mais je t'aimais ainsi. Moi seule, je savais t'enlever toutes tes aspérités. Je te lavais du mal. Tu mangeais dans ma main, après des heures de lutte et de bataille, bien sûr. Tu ne pouvais céder sur rien. Et lors de mon accident, tu m'en as voulu d'avoir songé à te laisser seule de l'autre côté de l'Atlantique, cette mer terrible, son eau déchaînée contre notre famille, décousue, éparpillée sur ses plages. L'Atlantique ivre et violent que nous avons dompté, de Caen à Montréal, de chez ta grand-mère à notre rue Lajoie. Il n'y avait plus que cela. Nos traversées de l'eau. Tu te rappelles, ma Flore, combien tu as été bouleversée par le Pacifique ? Tu y es allée assez tard dans ta vie. À trente-deux ans. Toi qui as toujours été précoce pour tout. Moi, je n'y ai jamais mis le bout du pied ni l'orteil dans ton Pacifique idyllique. L'Atlantique, cela me suffisait. Je ne voyageais pas. Juste entre deux rives. Caen-Montréal. Mais tu m'as appelée de ton hôtel à Montecino, d'où tu m'as fait entendre les vagues qui se cassaient sous tes pieds. Tu m'as dit : « Maman, tu sais, le monde est grand et je pense qu'ici, je pourrais t'oublier. Ici, je pourrais avoir une autre mère… Oui, je pourrais. » Tu pleurais, Flore. « Je reviens, je reviens tout de suite. Maman, il n'y a que l'Atlantique, il n'y a que toi. J'arrive. » Tu es souvent retournée là-bas. Bora Bora, Hawaï, les îles Vierges, l'Australie, la Nouvelle-Zélande. Tu avalais le Pacifique. Tu voulais t'y engloutir et en ressortir tout armée pour une nouvelle vie. Vénus Anadyomène. Tu essayais de te détacher de moi. De te trouver un autre océan. De te faire poisson, de te faire baleine. Tu m'as toujours trop aimée, Flore, mais sans penser à moi. Tu voulais me dévorer, me cannibaliser. Heureusement que je ne me suis pas laissée faire. Tes frères sont allés vivre ailleurs. Florent est parti, oui, mais a-t-il vécu ? Il n'y a que Genêt qui s'en est tiré, de cet amour fou qui fleurissait en vous, en vous trois, mes enfants. Je ne sais pas ce que j'avais en moi, ce qui vous mettait dans cet état. Une odeur, tu disais. Ce parfum de violette de Parme, la marque de mon nom. Une odeur, pas celle de la femme, non, celle de la mère. J'étais mère. J'ai toujours aimé être un terreau dans lequel vous auriez pu pousser heureux. Tes frères n'ont pas voulu de tout cela et toi, tu es restée et as fait des boutures sur les corps humains. Tu m'en as voulu, Flore, lors de mon accident. Tu ne m'as pas parlé pendant des mois, et tu m'as dit à ce moment-là que si je mourais encore, jamais tu ne me le pardonnerais. Que je devais te tuer avant, que je devais t'étouffer dans ton sommeil ou mettre un poison violent dans ton petit-déjeuner. Les bêtises, les exagérations de ma grande fille, Flore Forget... Mais cela a fait son chemin en moi, ton petit chantage d'enfant. Cela m'a fait tout un effet. Je me suis vue interdite de toute mort. Je me suis vue éternelle pour toi. En vieillissant, tu sais, on a souvent envie de mourir. La vie est trop longue parfois. La vie est carrément usée. On a envie de se coucher et de ne jamais rouvrir les yeux. On veut se foutre dans un trou d'où l'on ne repousse pas. Dans les dernières années, tout cela devenait lourd. Mais je me disais que tu avais besoin de ta Maman, de ton terreau natal, que mon utérus de vieille femme pouvait encore t'accueillir. Des folies que je pensais, Flore, parce que avec toi, tout devient fou. Tu gâches tout. Mais avec moi, tu n'as jamais réussi à nous pourrir l'amour. Je t'en ai empêchée. J'étais toute patience, toute écoute. T'as pas réussi, Flore, et c'est pour cela que tu m'aimais tant. Avec moi, tu ne pouvais pas jouer ta petite comédie de la mort. En moi, tu retrouvais ton sens, tu croissais, Flore, ma Flore si blanche, si blanche dans ton terreau maternel. Et tes fuites pacifiques, tes fuites vers l'autre mère signaient ton retour infini vers moi, vers le ventre de ta mère. J'étais celle vers qui tu allais. Je n'y peux rien, ma fille. Entre nous, c'était ainsi. Je ne voulais pas te garder. Je ne voulais pas t'avoir pour moi. Tu le sais. Je voulais retourner en France et même m'y faire enterrer. En finir avec mes traversées, mes chevauchées fantastiques d'un océan trop grand. Mais tu me faisais soleil et tu devenais héliotrope. Toujours tournée vers moi et même dans tes trahisons. Sais-tu trahir, Flore ? Je pense que tu l'ignores. Comme tu ignores la vie. Tu veux qu'elle se couche à tes pieds, qu'elle fasse la belle, qu'elle mange dans ta main. Je suis restée ici. Pour toi, pour que tu ne sois pas seule. Et j'ai demandé que mon corps repose dans le cimetière Côte-des-Neiges. J'ai renoncé aux fleurs de février sur ma tombe renaissante, j'ai renoncé aux Pâques fleuries. Je suis enterrée sous la neige, et il n'y a que des pissenlits dans ce maudit cimetière, et je ne les mange pas. Je suis trop fière pour cela. Je connais trop les fleurs. Tu es chirurgienne, ma fille. La vie pour toi, c'est une salle d'opération dans laquelle tu contrôles tout. Et comme ouvreuse de corps, on ne fait pas mieux que toi. Tu es de loin la meilleure. Tout le monde veut se faire voir les entrailles par la docteure Forget. Mais enfin, Flore, ton chien est infernal, ton chat bouffe sur la table et tu ne domptes rien. Tu n'y arrives pas… Je t'ai offert ma tombe. Tu vas t'y recueillir et tu m'apportes de merveilleux bouquets, des gerbes époustouflantes, du réséda, parce que tu sais le choisir. Je t'ai bien montré. Mais l'hiver est si long et tes fleurs gèlent vite, elles s'envolent au vent de janvier et balaient les allées. Les employés t'ont prévenue. Les fleurs, cela se plante. On est dans un pays de froid, dans un pays violent. Mais tu te ramènes avec tes extravagantes fleurs et tu les envoies chier, ces hommes gesticulant et même vociférant à côté de ma tombe qui te montrent leur pelle. Tu les envoies chier, tous autant qu'ils sont. Tu leur prédis le cancer et des mois d'hôpital et que si, par malheur, ils tombent sur toi, tu leur enlèveras dans la douleur leur tumeur prostatique. Et c'est qu'ils ont peur, ces grands gaillards costauds qui connaissent tout des morts et de leurs secrets ! C'est qu'ils reculent, les lâches, devant tes cris stridents, tes cris de pythie grecque, de médecin de malheur qui diagnostique le pire ! Puis, tu éclates en sanglots sur ma tombe encore fraîche et tu me dis que tu t'excuses, que les médicaments ne sont pas bien dosés, que la psychanalyse est si difficile et que je te manque tant, que tu veux te calmer, oui, laisser la vie passer, ne même pas lui faire signe, ne plus entendre les voix, les voix qui se font courant d'air dans ta tête aux quatre vents. Tu ne veux plus souffrir, tu ne veux plus te battre, ma don Quichotte de fille, contre tes moulins à vent. C'est cela que tu me dis dans tes pleurs effrayants qui te tordent le visage en grimaces grotesques. Et puis tu éclates, me demandes de revenir. Pourquoi t'ai-je abandonnée, toi et la petite Rose ? Pourquoi lui avoir donné une grand-mère morte, à ma petite fille chérie, ma fillette pétillante ? Pourquoi la vie sans moi, la vie sans cet amour qui nous tenait en vie, et qui ne tient plus que toi ? Non, je ne t'ai pas attendue. Tu étais partie un peu et je voulais en finir. Si tu avais été là, tu ne m'aurais pas laissée y aller. J'en ai profité. Je me suis jetée sur l'occasion. Ça ne vient pas souvent, la mort, il faut savoir faire avec. La mort est venue, c'est cela que je veux te dire, et je suis partie. Comme on part avec une amante, un jour de grand frisson. Je me suis barrée, Flore, et je savais que tu en deviendrais folle, mais le cancer ravageait mon corps et puis mon esprit. Mon cancer grugeait tout. Mes seins et le thorax, le foie et puis la rate, l'intestin le plus gros, et puis le plus petit. Le cerveau foutait le camp. Je perdais déjà la vue. Mon souffle m'étouffait. Mes os rongeaient ma chair. J'étais déjà toute morte et la mort est venue. Elle a voulu de moi. Tu m'as trouvée sans vie, tu es restée un temps ivre contre mon corps. Et puis tu es retournée vite combattre la mort pour qu'elle ne gagne pas sur tout et surtout pas sur toi. Quand tu étais petite, tu l'engueulais déjà. La mort, tu la bravais, tu lui disais le pire. C'était ton ennemie. Tu ne le laisserais pas faire. Elle n'avait qu'à venir. Elle te trouverait d'aplomb. Tu es devenue chirurgienne pour lui tordre le cou. Mais sache, ma fille, que moi, je l'ai aimée, la mort, que moi, je l'ai voulue, que je l'ai appelée et sommée de venir. Pour elle, je me suis languie. Je t'ai abandonnée. Je ne suis plus mère, je ne suis rien du tout. Je suis morte, Flore, morte et bien enterrée. Vous étiez tous les trois à me porter en terre, cette terre du Québec, qui ne permet les fleurs qu'une toute petite partie de l'année. Tu dois laisser les mortes en finir. Tu dois continuer, et cette nuit-là tu fis bien de sauver cette vie qui ne demandait qu'à être. Il faut aimer la vie, Flore, et tout refleurira.*

Ma mère disparaît, c'est Jessy qui me l'affirme. Il se tait, absent, il n'a plus rien à dire. Ma mère disparaît en me demandant de l'abandonner à sa mort. Jessy me reconduit à la porte et je lui pose quelques questions. Il ne se souvient de rien, il a prêté sa voix, son âme, son bureau à quelque chose qu'il devait ignorer. Cette histoire est sans témoin. Maman n'est apparue qu'à moi.

Je dois aller au cimetière pour revoir sa tombe, dans cette soirée glaciale du début de l'hiver. Maman m'a visitée. C'est à mon tour d'aller la voir. Dans la voiture, il fait un froid violent. C'est l'enterrement de Maman qui me revient en mémoire. Ce sont ces heures qui refleurissent en moi dans l'inconfort de ma voiture sur la route verglacée de décembre.

À l'enterrement de Maman, l'église était en fête, l'église était fleurie. Il faisait merveilleusement beau, ce mardi de Pâques, juste quelques jours après la mort de Maman, survenue le Vendredi saint. La nef éclatait de bouquets et les croix et les colonnes croulaient sous les fleurs. C'étaient les joies printanières. Les joies d'un été qui s'annonce. Nous en avions plein les naseaux. La vie voulait s'infiltrer en nous. Sous l'odeur enfiévrée, excitante des tubéreuses, des lilas et des magnolias, mes deux frères portèrent le cercueil hors de l'église, avec l'aide de quelques amis. Et nous nous engouffrâmes dans la limousine. Je voyais Florent gesticuler en avant, à côté du chauffeur, se trémousser dans tous les sens. Il parlait haut et fort. Une vitre teintée nous séparait. Nous arrivâmes au cimetière. Le soleil était chaud. Nous traversions les allées entre les tombeaux.

Le cercueil remplit le trou qui avait été creusé le matin même. Le trou était énorme. On allait y planter ce cercueil violet qui semblait lourd et difficilement maniable. On mettait en terre un bulbe du futur. Je tins à jeter une poignée de terre dessus. Ploc ! Cela fit un ploc sec. Un petit bruit agaçant. Rose voulut faire de même. Mes frères suivirent. Tout le monde cogna sur le cercueil de Maman, mais elle ne répondit rien. Pas un mot, pas un bruit. On la mettait en terre. En août, elle serait là. Ça pousse vite, l'été. Le soleil nous aveuglait. Florent se plaça un instant près du trou, comme s'il était un arbre que l'on aurait tenté d'enraciner là. Sa grande masse de chair faisait un peu d'ombre sur le cercueil exposé à ce soleil inattendu de mars. Je lis sur la pierre tombale ce que Maman elle-même avait fait écrire avant sa mort : « Tout meurt. Tout refleurit. » et en dessous : « Tout refleurit. Tout meurt. » Je ris un peu. Je ris, parce que Maman ne pensait le monde qu'à partir de pousses, de boutures et d'arbrisseaux. Maman, c'était la philosophie dans le jardin ou dans la serre. Rose se faisait lourde dans mes bras, et ses jambes s'agrippaient, anxieuses, à mes hanches. Florent disparut. Son corps se précipita à travers la forêt des tombeaux. Je ne voyais que sa tête se promener au-dessus des croix. Puis le soleil m'aveugla terriblement. Il n'était plus là quand je rouvris les yeux. Nous prîmes le chemin de la maison de Maman. Là, une fête nous attendait. L'air était joyeux. Je me rappelle avoir pensé que j'étais heureuse. Cela avait été une dure journée, une journée qui cogne. Maman était morte. Mais tout était fini. La paix, un jour, viendrait.

C'est l'enterrement de Maman qui me revient ce soir de décembre alors que je l'avais presque oublié, tout engloutie, toute noyée dans les eaux troubles de mes narcoses artificielles. La grille du jardin des morts est bien fermée. Au cimetière, on n'entre pas. Les disparus font bien dodo et, l'hiver, la terre les berce en leur chantant la chanson d'un printemps qui ne reviendra pas.

Je retourne au boulot. En garant ma voiture à la place qui m'est réservée à l'hôpital, je me demande pourquoi les fleurs ne sont pas éternelles. Elles se fanent, se dégradent, se décomposent vivement. Les astres, les planètes, les pierres, les roches résistent, et même les étoiles filantes se débattent magnifiquement contre le temps qui use. Il faut investir dans ce qui dure, dans ce qui se dressera encore dans trois cent cinquante millions d'années. Les morts ont raison de vouloir être pierres, de se faire tombeaux. Ils souhaitent basculer dans l'éternel. En fleurs, ils se fanent vite. Enfant, à La Malbaie, chez grand-père Forget, plantée devant le fleuve embâclé, le fleuve qui craque de glace, qui se déchire en gémissant, je voyais ces immenses roches rivées à la plage, et la pierre tellement arrogante, tellement présente, là, après et avant nous. Les humains et les fleurs pourrissent, eux, chaque jour.

Une voix hurle mon nom dans le haut-parleur de l'hôpital, alors que je pousse lourdement la porte. *Le docteur Flore Forget est demandé de toute urgence dans la salle d'opération, C-8034. Le docteur Flore Forget. Ouin, ouin, ouin.* C'est la vie éphémère qui m'appelle. La vie que je prolonge, la vie qui veut refleurir. C'est la vie un peu garce qui m'appelle à son secours. J'arrive, je cours. Je suis là… Tu le sais bien.

4

Il me semble que j'ai déjà aimé. Je veux dire aimer. Aimer quelqu'un d'autre que ma mère morte décomposée, gluante et repoussante de mort. Il me semble que j'ai déjà désiré haut et fort et épouvantablement. Il me semble que j'ai déjà eu mal. Très mal. *Aïe, ouille ! Arrête ! Tu ne te rends pas compte…* J'ai vraiment souffert. Comme une bête. Comme un animal qu'on égorge. J'ai connu l'amputation. J'ai coupé ce qui me pourrissait la vie. Je suis chirurgienne. Je sais tailler quand c'est nécessaire, oui, je sais faire. Avec sang-froid et dextérité. Je me suis sauvée in extremis. Il était moins une. Qu'est- ce que je travaille bien ! Du grand art. Les coutures se voient à peine. C'est ma spécialité. À l'hôpital, je suis connue pour cela, pour les belles coutures, les cicatrices invisibles, la minutie avec les aiguilles et le fil chirurgical. Une façon bien à moi d'agrafer les chairs. Un je-ne-sais-quoi dans la ligature. Et j'ai fait comme avec mes patients, j'ai opéré. C'était il y a longtemps, au moins dix ans, vingt ans, trente ans. Je ne sais plus. C'est sûr que j'exagère. Il n'y a que l'exagération qui parvienne à dire quelque chose. Il n'y a que la démesure qui puisse rendre compte un peu de l'horreur. C'était il y a cent ans, et puis la vie va vite, vite. Cela s'enchaîne, cela tourne. Les événements deviennent brusquement flous. Tu ne vois plus rien… Tu ressens la douleur tout de même. Mais tu ne te rappelles plus trop ce qui cause tout le mal. Tu sais que c'est affreux, mais il y a des morphinacés, des panacées de drogues, le boulot, la haine du prochain, les patients qui pleurent, qui supplient : ça occupe. C'est fou ce que ça occupe, et je me suis toujours occupée. On n'a pas réussi à me tuer. Mais franchement ce n'est pas qu'on n'ait pas essayé. On manquait peut-être de détermination.

L'amour, il n'y a pas à dire, c'est visqueux. C'est vraiment de la saloperie. On me repoussait, on m'envoyait paître, on me trompait, me cocufiait, me mentait, mais toujours avec le sourire, Moi, je ne voyais rien. J'avançais les yeux fermés, j'avançais comme un Tirésias moderne qui imagine l'avenir en ratant toutes ses prophéties. Par moi, juste par moi, ma malédiction arrivait. Je me disais que cela changerait, que cela viendrait, que c'était la résistance, l'engourdissement, l'hibernation, l'impuissance devant la vie. Mais j'étais prête à me battre. La vie, moi, je la prenais à bras-le-corps, je te l'égorgeais en moins de deux. Les obstacles, je les éliminais, guerrière.

J'ai aimé. C'est comme cela qu'on dit. Alors je le disais. Et même au présent. Quelque chose comme : « je t'aime ». Un murmure, un cri, un hurlement, un jappement à la lune. *Je t'aime, Ouh ! Ouh ! Ouh !* Voilà. Cela suffisait… Le monde devait se faire docile, la vie n'avait qu'à bien se tenir. J'allais hold-uper l'espoir, dérober le bonheur, flinguer la déveine, fusiller ma misère. Bien, je me suis plantée, mais alors royalement. Majestueusement. Somptueusement. J'ai tout d'une reine dans la chute. Je suis une grande dame. C'est vrai que, divine, angélique, marmoréenne, je tombais de haut. J'avais parfois encore envie d'applaudir, parce que des plongeons casse-pipe comme le mien, ce n'est pas souvent qu'on en voit. Je n'ai peur de rien, je l'accorde. Je ne fais pas les choses à moitié, ça c'est sûr. Je me suis fracassé la gueule, je me suis toute démantibulée. Heureusement que je suis rafistoleuse de corps !

Oui, j'ai déjà aimé. À la folie, passionnément et puis plus du tout, parce cela vous dégoûte de vous-même, des saloperies pareilles, parce que cela vous reste sur le cœur, cela vous donne la nausée. Je ne regrette qu'une chose : ne pas avoir tué. Oui, ça, je le regrette. Même avec le temps. Tuer n'est pas mauvais. Ce n'est pas comme on dit. Cela calme, cela nettoie. Verser le sang purifie un peu la vie. Il y a du tragique, du pathétique, du romantique et du maléfique. Et le mal doit être expurgé. On ne peut pas toujours simplement penser qu'il est beau, qu'il est noble de passer à autre chose, que le temps fera son œuvre. J'aurais dû être moins mesquine. J'aurais dû faire exploser les entrailles de mon histoire un jour dans un bain de sang. J'aurais dû l'étriper, l'éventrer, l'éviscérer. Laisser sur le carreau l'immonde et le salace. Et par le sang versé, laver les détritus. Et par la mort donnée, m'offrir la liberté. Je ne suis décidément pas généreuse. Ratatinée, retenue, ratatouille de lâchetés, je n'ai pas eu le geste, pas l'ampleur, pas l'étoffe. Un bon coup de poignard entre les omoplates, ou encore en plein cœur. Je suis tout de même médecin, je sais bien où frapper... J'aurais dû crever l'abcès, donner dans l'accident. Ma voiture qui roule en traînant la dépouille. Un tronc poussé brutalement dans le trou, dans le précipice de la vie. Un repas assaisonné aux sels de la mort. Une vodka rouge sang avalée sexuellement. Un oreiller pressé contre des narines somnolentes d'orgasmes. Des organes tranchés parmi les caresses chaudes du bain. Un mur couvert de chaux sous lequel on rend coite la douleur morte vivante. Des yeux crevés qu'on oublie d'éponger. Des maladies foudroyantes qu'on inocule à grandes doses, un sida bien frais qui pénètre longuement, des syphilis noires achetées à rabais, des araignées voraces dont on oublie le nom, des poissons venimeux qui vous tuent de leur langue. Une explosion abrutissante qui fout des kilomètres d'intestins sur le caniveau. J'aurais pu être une grande meurtrière… Suivre l'exemple des kamikazes, faire de l'horreur ma créature. Il me semble que j'ai manqué de volonté. Et d'imagination. Je voulais la mort, mais je ne savais même plus de qui. La mienne, la sienne ? C'était une bouillie. Je restais incapable d'articuler des mots assassins, des phrases criminelles, de prodiguer la colère et de construire la haine. J'ai attendu que ça passe, et puis ça m'a passé. J'y ai laissé beaucoup. Plus de peau, plus de tripes, petit poulet usiné dont les os sont friables. Plus rien d'une dure à cuire à qui on ne le refait pas. *Insipide, ma cocotte,* voilà ce que je me disais. Heureusement qu'il y avait des sauces vertes, des sauces rouges, pour me donner un peu de goût. J'étais caoutchouteuse, immangeable, infecte, toute en tendons bouillis, gélatine tremblotante. J'aurais dû assassiner, sacrifier, tout foutre en l'air. Ne pas penser au pardon ou à l'absolution, mais bien plutôt voir rouge et ablutions sanguines. De sa chair, préparer un civet. J'aurais dû en faire un plat, un plat de résistance, découper le tout en morceaux, avaler, déglutir le coriace, mais ne rien digérer. J'aurais dû incendier la ville et sa maison, détruire ce qui était touché et raser l'impureté. J'aurais dû tondre la chevelure à ma honte rétive, la faire déambuler sur la place publique. Mon nom dans les journaux, sa tête farcie en première page et ses bras en deuxième. « La chirurgienne savait découper le cadavre. » « La bouchère du Plateau en a fait de la charpie. » J'aurais dû faire scandale. J'aurais dû crier gare quand la police arrive, nous faire sauter au gaz en détruisant le quartier. Me dire que ça y était, que nous avions vécu. J'aurais dû l'imaginer dans les bras de sa donzelle. Comprendre qu'il labourait tranquille son vagin maigre en lui prêtant mon nom. Faire sauter sa cervelle creuse un grand soir de pleine lune. Dans la décharge survoltée d'un amour trop brutal.

Tu me fais peur, que j'ai entendu. *Tu me fais peur, t'es capable de tout.* Bien oui, et même de t'oublier. Flore forgets you but she never forgives. *Tu me fais peur avec ta tête d'illuminée, tu me fous les chocottes avec ta tête qui invente tout, ta tête qui se fait des histoires, qui se fait un de ces films ! Tu me vois en train de m'agiter le pompon avec des petites agnelles sans défense qui ont les pieds dans l'étrier, avec des gamines presque vierges que je déflorerais. C'est complètement absurde, ma fleurie, et tu le sais, mais je sais pas pourquoi tu tiens à te faire mal, Flore, mon mimosa, ma petite bruyère printanière. C'est le métier, c'est le boulot de rencontrer des femmes, des filles et de leur écarter les jambes. Tu ne forniques pas avec les types qui se sont ouvert le gros intestin. C'est la même chose… Les vagins, les utérus, c'est juste mon lieu de travail. Quel ramdam dans ta caboche ! Tu te fais vraiment tout un manège, un grand carrousel ! Ce n'est pas chirurgienne que tu devrais être, mon coquelicot, c'est scénariste de films X. Tu me fais rigoler, ma fleur. Allez, souris-moi ? Mais tu en fais une tête, mon muguet !*

Tu me fais peur, qu'il a dit, quand il est revenu de l'hôpital ce soir-là et que je lui ai lâché en découpant un lapin que s'il ne se barrait pas illico, je le découpais lui aussi en morceaux dans la nuit sans le tuer préalablement. Je le ferais revenir à la poêle. En cherchant sa valise, il a même remis ça avec les rumeurs qui voulaient qu'à l'école de médecine, l'école des cadavres, on pensait déjà que j'étais morbide et que je faisais subir aux morts les pires sévices. J'étais la sauvage, j'étais l'anthropophage. Les dents me poussaient la nuit avec le bistouri. *Tu me fais peur, tu as toujours été violente, et puis Isabelle m'a dit que tu l'avais menacée ce matin au téléphone.*

Tu es complètement dingue. Bien, tu n'as encore rien vu. *Cause toujours, mon lapin,* c'est ce que je lui répétais...

Il me semble que j'ai déjà aimé et c'est vrai que j'étais folle, mais seulement folle de toi, et puis de notre folie. Il me semble que l'amour était quelque chose, comme un monde un peu grand, comme un cœur qui déborde et qui s'hémorragie. *Je te laisse,* qu'il a dit. *Je te laisse. Les gens ont peur de toi. T'as une gueule de déterrée et t'es complètement dingo.* Il faisait ses bagages. Il faisait dans le mesquin, dans la séparation de biens, dans la séparation du corps et de l'esprit, et moi je coupais le lapin. C'est tout ce que je sais faire, bien découper la viande. Emporte tes speculums, tu n'emporteras rien au paradis. Dans quelque temps, tu auras signé ta perte, tu auras couché avec la directrice de l'hosto et après usage, elle te fera foutre dehors, comme les autres, comme une merde. Tu comprendras alors que je suis allée la voir pour lui avouer que tu passais de sales moments, que tu étais un type bien et qu'il fallait absolument qu'elle s'occupe de toi. Et toi, toi, tu es tombé dans le panneau, et je n'ai plus eu à te supporter à draguer les vagins dans les couloirs de l'hôpital, toi et ta mine de lâche, ta petite mine qui me fait le coup du *je ne te reconnais plus quand je te croise, tu es trop démente.* Oui, la dirlo t'a montré le droit chemin, celui de la porte.

C'est une belle salope, cette Madeleine Lévesque, mais elle a la manière avec des vieux voyous comme toi. Elle vous jette rapidement et elle nettoie le tout. Elle cure et récure. Un grand coup de balai. Floup, floup. Madeleine Lévesque est psychiatre, et je peux te dire que les gens de cette race-là sont très forts. Il ne faut pas jouer avec eux. Bien sûr, tu l'as appris. Cela fait des années maintenant que tu croupis dans un hôpital minable et que tu dois faire dans l'obstétrique. Tu donnes naissance à des tas de têtards. C'est nettement moins glamour que les débouchages de trompes à la queue leu leu ou que tes pontages vaginaux à tire-larigot. Madeleine Lévesque t'a eu la peau. Que veux-tu… Elle se tape tous les hommes slaves de l'hôpital et puis les anéantit de peur qu'ils la balancent. Tu as eu ton compte, il faut dire, et puis j'ai oublié. De toi, oui, j'ai oublié l'existence.

Il me semble que j'ai déjà aimé. Mais cela ne devait pas être toi. C'était comme un mirage, un fantôme de bonheur, une hallucination. Tu me faisais souffrir avec ton passé, avec ton sourire en coin, ton cv matrimonial et tes ex qui me narguaient avec tant de doigté. Je souffrais de ton usure. De ta vie si peu neuve, de tes histoires élimées et de ton silence feint qui n'en disait pas long. Je souffrais du poids de ce qui ne s'efface pas, que toi, jamais, tu ne m'aurais aidée à porter. Je me prenais pour Atlas. Le monde était si lourd… Le jour du lapin, j'ai tout oublié. Je me le suis fait à la moutarde, celle qui monte au nez, et je l'ai bien mastiqué. Cela a fait ouf ! J'ai arrêté la douleur, fermé les robinets. J'ai envoyé ma vie dans une vieille poubelle, dans un gros sac orange, et j'ai fait un grand nœud. Je n'ai jamais revu tes trois filles que j'avais bien torchées. Il paraît qu'elles me détestent… J'ai brisé un ménage ! Elles sont encore amies avec certaines de tes maîtresses, des collègues de leur mère, qui n'y voyait que du feu. Mais tout le monde s'est tu, et cela fait si longtemps… La haine n'est que pour moi. J'oublie mais jamais je ne pardonne. Je ne dis pas bonjour, ni même au revoir et surtout pas merci, et je ne fais pas semblant que tu es un être exquis. Tu trompes encore ta femme, la dernière, la toute fraîche. Tu trompes encore ta douce malgré les années qui cognent, qui frappent dur, qui te défonceront, qui te marteau-piqueront. Tu ne vieillis vraiment pas ! C'est fou ce que tu as l'air jeune… Alors quand tu as envoyé des fleurs pour l'enterrement de Maman, j'ai aussitôt fait rediriger ta gerbe de mauvais goût à l'adresse de ton bureau de gynéco miteux du nord de la ville. Tu as dû décorer le cabinet avec cela. Tu ne jetais jamais rien. Et puis, une couronne mortuaire, cela doit bien se marier avec les murs de ta vie lugubre, de ton cagibi médical où s'allongent des femmes tristes et délaissées. À moins que tu n'aies rapporté le tout à la maison pour le donner à ta jeune épousée qui sera heureuse de recevoir les miettes de mon existence et de celle de ma mère. C'est que tu ne l'aimais pas, Maman. Tu ne pouvais l'encadrer. Elle ne supportait pas ton accent et puis surtout elle mettait en doute tes compétences de toubib. Il faut dire que tu lui avais dit tellement de conneries sur la ménopause que tu avais miné ce qui pouvait te rester de crédibilité. Quelle mauvaise idée tu as eue d'envoyer ces fleurs ! Maman était fleuriste, je ne sais pas si tu te rappelles. Alors tes quatre lys à peine blancs, mal piqués dans un motton de mousse verte en forme de couronne, ce n'est pas cela qui nous impressionne, nous, les enfants d'une Violette. Tu étais allé la voir, Maman, après la naissance de Rose, pour lui laisser entendre que tu étais le père. Tu n'as jamais su compter... Cela faisait déjà quatre ans que je t'avais fait le coup du lapin... Avec toi, je n'étais que stérile terreau mal arrosé, terre aride et desséchée, une fille bréhaigne, une fille qui braille. *Faut que tu avortes, ma fleurie, si jamais cela t'arrive. Mes filles ne sont pas assez grandes, on est si bien ainsi. Plus tard, cela viendra. Tout naturellement. Je te le ferai passer si ton retard persiste, si le sang ne se pointe pas, si les Anglais ne daignent pas débarquer, si les coquelicots ne dardent pas leurs têtes, si les ragnagnas nous boudent encore une fois. Je suis gynécologue, ma toute rouge, je t'arrangerai cela. Ne t'inquiète surtout pas. Je suis là pour cela.* Avec toi, j'étais un canard empaillé, un hibou bourré de foin et de fourrage, un bouquet fané, bien sec, un pot-pourri décomposé, tombé en poussière. Mille petits morceaux sur le tapis que l'on balaie rapidement, voilà ce que j'étais devenue. Un tas de particules qui brésillent, un amas de moutons qui ne bêlent même plus et depuis belle lurette, des brindilles du néant qui se pulvérisent en moins de deux, une petite montagne de cendres et de débris, une broutille qu'on ne broute pas, parce qu'il ne faut pas se salir... Et tu ne te salissais jamais. *Je suis gynéco, je travaille dans le nauséabond,* disais-tu en m'embrassant dans le cou. C'est le plus bas que tu pouvais aller, tu n'aimais pas les odeurs. C'est comme cela que j'ai compris, en faisant la chienne renifleuse, la toutou renâcleuse, qu'il y avait une autre femme. Un arôme diabolique, c'est ce que je respirais à longueur de journée. Le parfum de vos décompositions amoureuses et chimiques. J'en ai fait une indigestion olfactive. J'étais ta Flore, ta fleurie, celle dont tu aimais l'effluve, dont tu désirais le bouquet. Tu parles... L'amour, ça pue le fétide et le malodorant. C'est du nauséabond qui me donne la gerbe. Je n'avais rien vu, je n'avais rien flairé. Je pensais qu'on s'aimait. Je pensais que toi et moi, c'était la vie, la mort et que, bien malgré nous, nous étions destinés. Mais j'étais une buse, une bestiole bébête. Je ne me pardonnerai jamais d'être ainsi la pécore, la bécasse, l'autruche, la dinde bien farcie. J'étais grave dans les choux. Je charriais dans les bégonias. J'ai découvert le pot aux roses. Un jour, dans une conversation : un clic dans ma tête et d'un seul coup, cela y était. Je percevais le démon de son odeur dans tous tes mouvements. Je vis d'un seul coup le rose précis avec lequel j'avais peinturluré ma vie. Je comprenais les voyages, les retards, les sourires, les baisers, les désirs. Je saisissais l'origine de ma vie menteuse où je jouais les humbles recouseuses d'espoirs et d'intestins. Ma vie de soubrette souffrante, de victime consentante.

Je crois avoir aimé. Au moins ces cinq années. Il y a une éternité, et qu'est-ce que ce fut long… Un temps qui ne passe pas, un temps qui me reste en travers de la gorge, un temps qui m'épouvante, qui me fait rendre l'âme. Je crois avoir aimé. Mais comment en être sûre ? On vit des choses infectes et puis on les oublie. On se demande parfois si on n'a pas inventé. Il a fallu que je m'écrive un amour. Et c'était le tien, et c'était le nôtre. Mais déjà je mentais, déjà, je meublais le vide. Je crois que j'ai déjà aimé. Mais ce n'était pas toi, et ce n'était pas moi. Je voulais une vie. Eh bien, j'en ai eu une! Je suis une faible, c'est sûr, mais plus jamais devant toi. Une faible devant le temps, une faible devant le sang, devant l'étouffement et la folie de vivre. Une faible qui fond en larmes quand une mère trépasse, quand une mère y passe. Une faible incapable d'aller dire à une femme que son enfant est mort et que la nuit avale. Que la chair est atteinte, entamée, annihilée, violée jusque dans son souffle, tuée dans ses soupirs. Que vivre est ridicule.

Je n'étais pas faite pour la chirurgie, pas faite pour les annonces, les présages, les messages et les ambassades de la mort. Qui me sauvera ? Pas l'amour, c'est sûr… Je continue à me coudre à même le visage ce sourire factice, et je me fais petite pour que le destin m'oublie. Cela pourrait être pire. Ma mère n'était plus jeune. Ma fille reste bien vivante. Elle me casse les pieds et adore son oncle, ce Fêlé qui s'incruste et qui décide de moi. L'amour, ça se refait, et le monde continue. Je peux souffrir, bien sûr. Mais pas trop. Je l'exige. Les comprimés sont là. Il ne faut pas que j'exagère, il ne faut pas que j'en fasse un drame, que j'amplifie la chose, que je bluffe ou que je brode… J'arrête de me vanter de détenir le malheur. J'ai une Maman morte qui moisit au cimetière. Elle a une sépulture : c'est une terre d'accueil. Il y a pire que nous. Je peux aller chialer sur sa tombe encore fraîche, je peux jardiner le quartier, faire fleurir les tombeaux. J'ai de quoi m'occuper. Tout pousse dans les parages. Cela reste très fertile. La vie reprend toujours. Que pousse l'herbe nouvelle et que les bourgeons naissent ! Que le monde coure, qu'il se hâte vers demain ! Je me contente de ce que j'ai. Je fais croître les myosotis, l'herbe d'amour, l'oreille de souris, le ne-m'oubliez-pas, le forget-me-not. Je rends la tombe bleue. Maman aimait la couleur et elle aimait les fleurs, et elle n'aime plus du tout et surtout plus rien, et surtout plus moi.

Je fais dans la bouture ou dans l'horticulture. Je connais le méristème et le cambium interne. Je peux soigner les fleurs, greffer tout ce que je veux, mais je ne peux pas enter un bout de mère qui traîne, je ne peux pas me donner l'amour que je n'ai plus. Je ne sais que couper. Je suis une grande exciseuse. Je vous enlève le mal. De l'amour, je ne peux en faire pousser. Et je reste bien seule et la rage n'est même plus ma compagne lubrique. Je me rappelle qu'au début, toi et moi, nous avions parlé de nos enterrements. La première fois, après le premier baiser, après avoir humé le parfum insensé de tes cheveux si bruns, après avoir touché du bout de l'âme le ciel et le bleu de tes yeux, la première fois, nous parlions déjà de la dernière. Dans la déglingue de l'amour, nous faisions le tour du temps, assis sur les grandes aiguilles des montres les plus imaginaires, nous tremblions déjà d'horreur devant la brièveté des jours, et étourdis, grisés, nous maîtrisions sereins les derniers instants. Nous voulions une tombe en haut du mont Royal, nous voulions une vue pour regarder l'avenir. Je voyais des fleurs roses à mon enterrement et puis un grand cercueil tout bien capitonné. Et tu étais galant, tu me laissais mourir d'abord et malgré mon jeune âge. Tu venais me rejoindre vite, tu ne pouvais vivre sans moi. Maman a eu le rose et le capitonnage, c'étaient ses volontés, et puis la tombe superbe en haut du précipice. De là, elle voit la ville, et moi je vois le vide dans lequel je veux me jeter à chaque petite visite. J'ai dû respecter ses dernières volontés. Il y a un grand cercueil qui mettra des années à se décomposer. Il y a du satin magnifiquement gai, superbement rosé, et la robe saumon qu'elle voulait tant mettre les soirs de grandes sorties, de vadrouilles excessives. Il y a tout ce qu'il faut pour partir en beauté, quand on est morte comme un paquet d'os, à peine reconnaissable. Le cancer est cannibale, mais pas plus que les vers. Je voudrais ne pas avoir suivi les ordres de Maman, je voudrais ne pas avoir été la fille obéissante et droite qui a accepté d'enterrer le corps de sa mère et qui se réveille la nuit en rêvant d'asticots. Je voudrais ne pas être cette fille amoureuse qui dit oui à sa Maman, qui n'a dit oui qu'à elle. Je ne me suis jamais mariée. Je n'ai jamais quitté Maman. Toi, tu devais m'épouser, mais je t'ai posé un lapin. La nuit, sans les médicaments, je suis toujours avec elle. Je pourris et je me décompose. Je me réveille en nage, en sueurs froides, j'étouffe. Mais franchement, Maman, as-tu pensé à moi ? Pourquoi as-tu refusé de te faire brûler si peu vive, de t'anéantir presto, de te faire rôtir les os et griller la bidoche ? Pourquoi n'as-tu pas voulu que la chaleur fût tienne et que du trépas on ne parle plus ? Pourquoi n'as-tu pas désiré redevenir poussière à la vitesse grand V, toi qui roulais toujours si vite dans ta Mercedes neuve ? Pourquoi n'as-tu pas voulu accélérer le temps de la mort, précipiter l'avenir, qu'on soit comme dans cent ans ou même deux mille ans, que poussière soit poussière, que le néant soit lui ? Je trouve cela horrible de vivre avec les morts, pas les morts abstraits, pas les morts historiques, mais les morts que je connais, les morts dans la terre fraîche, les morts aux tombes fleuries, les morts ouvriers de la décomposition. L'amour et les humains, c'est du décomposé.

Maman, je vais te dire, tu es une sale garce. Tu n'as pensé qu'à toi, qu'à ta robe saumon, qu'à ta coiffure funèbre, qu'aux fleurs si parfumées. Tu avais tout arrangé, je n'avais qu'à suivre les ordres, mais tu n'avais pas entrevu que je pourrais souffrir, que l'Fêlé et moi-même, à toi on penserait. Tu n'es pas Blanche-Neige dans sa châsse de verre, ni la sainte Bernadette que j'avais aperçue dans son cercueil à fenêtre, un jour à Nevers, à Nevers, en France, d'où j'ai rapporté cette peur folle de la mort et mes idées de l'amour. Tu m'avais amenée, Maman, tu t'en souviens, visiter la sainte. J'avais vu les éclopés, les infirmes, les aveugles et les paralytiques. J'avais vu les béquilles, les chaussures, les membres qui repoussent et la foi qui croît, mais je n'avais pas aimé regarder la morte, la morte à Nevers, là où elle ne pourrit pas. Tu l'avais trouvée si belle, Maman, ta Bernadette en fleurs ; tu lui avais laissé un bouquet magnifique en la priant de bien vouloir nous protéger... À Nevers, Maman, la vie était intacte. Tout sentait le tombeau, mais toi, tu souriais et tu me montrais, fière, le pouvoir de ta foi : Bernadette, superbe dans sa robe de morte, momifiée en grande pompe et tragique, et heureuse. Et moi, je ne voulais pas la regarder, ton amante dévote, ton amie la béate. Pas envie de la voir si paisible dans la mort, comme dans son aura. J'avais demandé de sortir et j'ai gerbé longtemps sur les membres fantômes des culs-de-jatte fervents, sur les chasubles bleues des sœurs de la Trinité qui sortaient d'un car jaune en aidant les mourants. Il faisait beau ce jour-là, à Nevers, en France, et, Maman, tu me montrais ton pays si chéri. Ce n'était pas la Normandie et la bouse de vache, mais c'était un peu Lourdes, la Bernadette à

Nevers, près du car et du vomi puant que je m'appliquais à faire sortir de mon corps si grêle d'enfant qui ne mangeait même pas… Maman, tu ne te souviens sans doute pas dans ton monde de l'oubli, de ta Bernadette béate, ta sainte en sabots… Tu l'aimais tant dans son tombeau si propre et si bien astiqué, et moi j'avais si peur de la mort qui sourit. Tu voulais être comme elle, comme cette fille un peu sotte, bienheureuse de l'au-delà qui demande un bout de ciel et qui se sait si petite à côté de son Dieu. Tu désirais être Thérèse de Lisieux, la faiseuse de miracles, la grande sacrifiée qui adorait son père. Et tu voulais que je l'aime, l'insipide au cercueil de verre, la belle au bois dormant qui jamais ne se réveille. Bien, j'ai tout vomi ce jour-là. Et puis, Maman, tu sais, ce n'est pas ainsi, la mort. Je peux te dire que cela sent mauvais. Je suis devenue médecin, j'ai vu des macchabées, des saints, peut-être, oui, on ne sait jamais, mais aussi des âmes noires. Dans la mort, tout le monde a la même couleur, sauf ceux qui ont fumé. Dieu peut les reconnaître, mais c'est tout ce qu'il voit. Des organes noircis et le temps qui consume. Je suis devenue médecin, Maman, pour ne pas avoir peur de la mort qui fait signe, de la mort radieuse qui a l'air bienveillante. Je suis devenue médecin pour te l'autopsier, ta Bernadette momifiée ! Je lui ai ouvert le ventre, à la morte, et j'ai cru que cela y était, que je connaissais tout et que je n'avais plus peur et surtout pas des morts. Mais voilà que je me suis trompée. Qu'est-ce que j'ai pu être bête ! Qu'est-ce qu'on peut se mentir, et pas seulement à soi ! Je n'avais pas vu ta mort, Maman, la vraie, celle qui viendrait, et tous les cadavres forcés n'enlèvent rien de ma peine et de ma douleur vive. Tu me manques, Maman. Tant de choses à te faire… Nous parlions tous les soirs, mais je ne te disais rien. Nous n'avions pas encore dit et je ne t'avais surtout pas encore raconté

Nevers-en-cercueil et les bonnes sœurs qui m'ont relevée alors que je pataugeais dans mon vomi tout blanc. Nous nous entretenions de tout et même de l'essentiel, mais il faut croire que ce n'est pas vraiment facile de parler, surtout quand on s'aime tant. Tu aimais ta sainte, Maman, et avec toi, je voulais l'adorer. À ma façon, bien sûr, en la voyant vivante. Je n'aime pas les mortes, c'est pourquoi c'est si dur de t'aimer encore. De la Normandie, je retiens l'odeur forte des champs et des animaux : des vaches et des cochons et du camembert trop fait que je me tartinais au petit-déjeuner. L'air salin, la pluie joyeuse qui me touche le visage, les routes de campagne et l'accent comme ici, comme celui de Grand-Maman, quelque chose de bourru. Maman, pardonne-moi de n'avoir pu tout raconter. Tu sais bien que je ne cachais rien, mais parfois on ne sait pas. On ne pense pas à tout et on croit que le temps viendra. Mais l'heure sonne trop vite et on n'a pas pu dire. Bernadette à Nevers... Je me demande si elle est encore là, si elle est encore intacte, si elle s'est chiffonnée, si le temps l'a rattrapée, la gueuse, ta parfaite. Je me demande si les sœurs de la Trinité ramassent encore gentiment les gamines qui dégueulent et qui ont perdu pendant quelques minutes leur Maman dans la foule compacte des miraculés. Je me demande si tu es aussi heureuse qu'elle. Que ta sainte au tombeau qui sourit à la mort. Et cela me console souvent de penser que dans ton berceau funèbre, tu es tout comme elle, que la mort t'est si douce et qu'elle te va si bien, que la mort est saumon, légèrement rosée, et que tu t'en pares et que tu t'en maquilles. Peut-être est-il faux de te voir en lambeaux, en chairs et en morceaux. Peut-être es-tu entière et sauve, immaculée. Peut-être que ta fille médecin est une sotte à calculer ainsi, scientifiquement, les minutes de ton pourrissement. Peut-être que j'ai tout faux et que

Dieu existe, et que Dieu a raison de se rire de nous. Peut-être qu'au paradis, Maman, tu es béate, que tu veilles sur moi et sur mon enfant. Rose t'a vue en rêve, encore dernièrement. Avec tous les comprimés, j'ai du mal à rêver. Rien ne m'apparaît plus. Je suis positiviste mais c'est une connerie que de penser savoir que les morts se sont tus. Bernadette, ton amie, mon Dieu, que je l'ai haïe, mon Dieu, que je voulais te prouver qu'elle n'était que foutaises. J'avais tort, c'est bien sûr. C'est important tout cela. Le bonheur dans la mort, le lieu de notre enterrement. Nous avons discuté tout de suite, dès le commencement, de cadavres et de tombeaux, moi et cet homme que j'ai aimé, parce que j'ai aimé, Maman, il me semble, et pas seulement toi. Tu le sais bien, d'ailleurs, tu étais contente pour moi. Tu ne voulais pas me dire combien tu le détestais, mais tu lui disais à lui, tu le menaçais de ta vengeance et de celle de ta sainte, la morte guerrière. Ce n'est pas une sainte facile. On ne la refait pas. Tu avais peur, Maman, tu tremblais d'effroi comme un jour je pleurerai en secret pour ma Rose. Pour ma fille adorée qui embrassera l'horreur, qui mordra la poussière. Et que pourrai-je faire, sinon te demander dans ton au-delà magique d'éradiquer le mal et de faire croître le bien ? Je ferai comme toi, je prierai ta sainte et je cacherai à Rose mes vives inquiétudes. Avec cet homme, tu sais, j'ai imaginé ma mort. Je me suis vue couchée à ses côtés et pour l'éternité. Maintenant, maintenant, je ne peux plus le regarder un instant sans avoir l'envie folle de le défigurer. Je trouve qu'il sent mauvais, le mensonge mal cuit, et j'espère que l'enfer le fera bien souffrir. Pourvu que cela existe ! Mais il ne paiera pas. Il n'y a pas de jugement. La vie, ça se perpétue, comme un crime parfait. Bernadette, elle, voulait faire le bien. Tu me comparais à elle, quand tu me disais, Maman, que j'étais missionnaire. J'aurais voulu, comme elle, me donner intacte, me soumettre sans doute à l'appel qu'on entend. Mais j'ai vomi dehors, dès que je suis sortie. La châsse de verre m'a étourdie. J'aurais pu être sainte, si j'avais eu la foi, si j'avais cru en Dieu ou en quelque chose comme cela. Je ne serais pas tombée dans les pattes de l'ogre qui me servait d'amour, qui me donnait l'impression que la vie était tendre. Mieux vaut se faire sainte et n'adorer que Dieu. Mieux vaut être exposée sous vide et sous les vitres. Mieux vaut prier le jour et dormir la nuit que d'avoir aimé un homme qui vous déchire.

Maman, je crois que j'ai déjà aimé. Je veux dire aimer. Mais je pense que c'était encore toi et ta sainte endormie. Je pense que je n'ai su aimer que vous, parce que c'est la mort que je cherchais, la mort qui sourit, la mort qui nous prend, la mort avec un être ou une créature, la mort avec un Dieu qui nous attend là-bas. Maman, je crois que de l'amour, je n'ai connu que toi et Bernadette. Un amour intact que rien n'entame, un amour qui m'entaille.

Maman, il n'y avait que toi, et maintenant il y a Rose. Je vais prendre soin de la vie. Mais pas comme avant. Il ne faut pas m'en vouloir. Il me semble que j'ai déjà aimé et que je t'aime encore. Mais tu n'es plus là... Et lui non plus, d'ailleurs. Alors je vous liquide. Je vous efface. Je n'aimerai que les vivants, je ne chérirai que les aimants. Que Dieu me pardonne de vous trahir ou qu'un gigantesque incendie me fasse expier ma vie.

5

Trente ans après son départ, il y a mon frère qui se ramène. Il a beaucoup changé, mais il est encore intact. Un monstre bien méchant, un mutilé de guerre. Il n'arrête pas de dire que les Boches ne l'auront pas. Né en 1951, il n'a pas connu tout cela. Mais il se plaît à se plaindre et réclame toujours indemnités et réparations. Il dit qu'il en a bavé, que les Allemands sont sales. Il baragouine tout cela en mixant la soupe langagière française avec le potage bien germanique. Passée au malaxeur, la langue, tu ne la reconnais plus. C'est un frichti infect. Bien sûr que je n'en redemande pas. Mais l'Fêlé continue. Il déballe sa salade. Il me pousse à bout, il le fait exprès. Je dois me taper la Germanie, les batailles rhénanes, la Luftwaffmachinchose, les Nazis comme des chiens, la douleur de la guerre et les gaz qui tuent. Achtung ! Et il ricane sans cesse en me racontant tout. Florent, c'est un grand amputé, comme mon grand-père Ferdinand qui est mort sous un bombardement. *La Deuxième Guerre mondiale,* cela ne sonne pas pareil pour tout le monde. Parfois, c'est comme un glas ou bien comme un rappel. Grand-père Ferdinand est mort longtemps avant ma naissance, mais je le connais plus que ma grand-mère Flora que j'ai bien peu vue et dont j'ai hérité le prénom. Je n'ai pas voulu du *a.* Je n'aimais pas cela. Allez savoir pourquoi. J'ai même changé mon nom. Il fallait l'amputer, lui foutre une prothèse à cette fleur sans tige. J'ai donc mis le *e* et je cours comme un lapin. L'opération s'est très bien déroulée. Mieux que celle de Ferdinand. On lui a coupé la jambe en 1917 en Suisse. Mon frère vit à travers cette histoire. À la fin, quand ma mère a perdu son sein gauche, après le droit, c'est sûr qu'on y pensait. À la jambe manquante du papi revenant, celui que je n'ai pas connu, mais dont j'entends la prothèse traîner partout de la patte et faire un de ces baroufs dans les rêves et cauchemars. C'est fou ce qu'il est présent, le Ferdine, dans ma vie. Je me demande ce qu'il fout là et ce que fout l'Fêlé à se prendre pour lui, à être le XXe siècle, les grandes guerres, à détester l'Allemagne et à claudiquer les jours de pluie. J'en ai marre qu'il boite, cet animal-là. Je n'en peux plus qu'il trébuche sur le moindre caillou et qu'il se fasse franc-tireur à la moindre escarmouche. Pourquoi rejouer le destin qui se joue déjà de nous ? Flora, je l'ai connue. Elle était peu sympa. Une Normande morne qui comptait tous ses sous. Elle est morte syphilitique, bien après son mari. C'était son legs à lui, une bonne syphilis qu'il lui avait rapportée de virées à Vire, dans les maisons closes de l'époque. Flora, je ne l'aimais guère. Une paysanne terne. D'elle, je n'ai eu qu'un cadeau. Ma montre de communiante. Je ne sais plus ce que j'en ai fait. Elle a dû prendre le bord.

Il fallait que je me dépêtre du passé, que je sorte de ses étreintes ancestrales. Je suis allée sur la tombe de mes grands-parents, à Amers-Bocage. Il n'y a rien de majestueux. J'ai du mal à comprendre que Maman n'aurait pas détesté être enterrée là-bas. Il y a huit ans, j'ai fait les plages de Normandie, les cimetières marins et même ceux des Allemands. Et puis je me suis retrouvée à Amers, au village de Flora et de Ferdinand Hubert. Il y avait comme un malaise. Je pensais à ces femmes que Flora dénonça. Aux femmes qui couchaient avec les Allemands et à la place de l'église, un matin après la guerre. C'est là qu'elles furent tondues. Je veux dire : qu'on les amputa... Celles qui prirent leur pied avec quelque mauvais Allemand, ma grand-mère s'en chargea. Avec elle, il faut le dire, on ne badinait pas. *La guerre godaille drôlement et Flora n'est pas tendre.* Je comprends que Violette, ma mère, ait quitté le terreau maternel et ait voulu s'épanouir ailleurs avec ses maris. Tous des beaux Québécois. Et je pense qu'ils se ressemblent. Les quatre sœurs de ma mère se sont toutes dépotées pour aller se greffer aux soldats libérateurs. Elles ont épousé Anglais, Américains et Canadiens bien sains... De quoi refaire tout le Débarquement. Il n'y a que ma mère qui soit venue au Québec. Elle s'est replantée dans la terre des déserteurs, des anti-conscription. Je crois qu'elle fit exprès. Mais la grand-mère n'y vit que du feu. Un Canadien reste un Canadien. Et ce terreau-là ne voit pousser que les meilleures fleurs. Elle a déchanté, la Flora enthousiaste, quand elle a passé un hiver à La Malbaie, chez Papa. Les fleurs, ça ne pousse pas trop dans le sol très gelé, et le fleuve ne charrie que de la glace violette. Elle a trouvé l'affaire moins drôle. Et elle est repartie bien vite dans son village où elle a fait pousser quelques légumes verts et a trait sa vache jusqu'au dernier moment. Elle est morte en trayant. Infarctus foudroyant. On l'a retrouvée raide parmi les pâquerettes. La Rosalie broutait, impassible, comme toujours. Flora n'achetait jamais rien. C'était une vraie Normande. Ma montre, et puis c'est tout. Jamais un petit cadeau. Ma tante Marguerite, la plus jeune des filles, m'a confié qu'elle pensait souvent à tuer Flora, sa mère. Il faut dire qu'elle est restée avec sa mère jusqu'à l'âge de trente-cinq ans, jusqu'à tant qu'une de ses sœurs, Muguette, l'aînée qui s'était barrée avec un

G.I. américain en 1945, ne lui trouve un autre Américain, tout aussi baratineur, qui la libéra du joug maternel infernal. Marguerite avait voulu pousser Flora dans l'escalier de la cave, mine de rien, en catimini. Boumbadaboum… Quel accident tout de même ! Je ne sais pas ce qui l'en empêcha. Elle n'en pouvait plus de bouffer des patates, afin d'économiser et de mieux faire bombance quand mon oncle Narcisse venait en visite le dimanche midi. C'était son seul fils, à la belle Flora. Il est mort bien jeune et mon Dieu qu'elle le pleura. Avoir cinq filles parties en avion très, très loin, cela ne l'inquiétait pas. Mais son fils à Rouen, puis enfin à Paris, cela la faisait souffrir. Il n'y en avait que pour lui, que pour cette grosse légume qui est morte au volant de sa Mercedes bleue. Parce que les Allemands sont quand même les meilleurs pour les bagnoles rapides. Et c'est vrai que la voiture roulait vite. D'ailleurs, il en est mort. Je ne l'ai pas vraiment connu. Et ma mère ne l'aimait pas. Un drôle de guignol. Enterré à Paris. Il ne voulait rien savoir de ses origines de plouc, des parterres en fleurs, des champs à perte de vue, du foin que l'on récolte et des Allemands ennemis. Il ne voulait rien savoir du passé de ses parents. Il fréquentait une Parisienne qu'il a tuée dans l'accident. Ils sont morts sur le coup. C'est du moins ce que Flora me racontait. Mais je préférais l'histoire de Marguerite et de son envie de liquider sa mère dans l'escalier de la cave. J'ai souvent essayé d'en parler à Maman, de la fin tragique à laquelle Flora échappa de justesse. Mais Violette ne me croyait pas. *Marguerite exagère. C'est la petite gâtée de toute la nichée. Elle ment pour se rendre intéressante*, qu'elle me disait, ma mère. Elle avait peut-être raison. Mais moi, je rêvais d'avoir un escalier pour faire tomber Flora, quand elle venait en Amérique rendre visite à ses filles et s'émerveiller à propos de tout. Je suis donc allée sur sa tombe, il y a huit ans, et j'ai bien vu que l'Fêlé était passé par là peu de temps avant moi. Il avait laissé un mot à mes grands-parents. Un mot dans du plastique, un truc vraiment macabre où il leur promettait de les venger de l'Allemagne. J'ai toujours pensé que c'est là qu'il s'était retrouvé, pendant les trente dernières années. Je ne pourrais pas l'affirmer, mais mon petit doigt me dit que ce devait être cela qui l'attirait tant. Il a dû vivre à Francfort ou bien à Düsseldorf ou encore dans un trou plein de petits Nazis. Il ne peut s'empêcher de revivre tout cela. Moi, je ne pouvais quitter Violette. Il n'y a que mes frères qui s'imaginaient ailleurs. Genêt à Paris, Florent en Germanie ou alors en Autriche, dans un village sordide en Rhénanie ou à Irgendwo. Je ne sais pas. Mon grand-père est né en 1889, comme Hitler, enfin à quelques jours près. Adolf, le 20 avril, et Ferdinand, le 12 mai. Ils sont morts la même année. Les hasards bien ironiques de l'histoire. Cela laisse songeur quand on y pense un peu trop, quand on met deux et deux ensemble et qu'on y regarde de près. Tout cela a rongé l'esprit de mon grand frère. En lui, il y a un grand trou, une grande amputation. Il est devenu Ferdinand ou un type français, né en 1889. Et quand il crie : *Sales Boches*, il ne fait que répéter les paroles de notre grand-père. À Amers, les commères m'ont parlé de ma grand-mère. Ce n'est pas un bon souvenir. Elle n'était pas facile. Elle avait un bureau de tabac où elle fournissait toute la contrée. Et même pendant la guerre. Mais pas trop aux Allemands. Toute la région est morte sous un obus ou d'un cancer que Flora leur refilait pour la patrie. Elle a tué tout le pays. À des kilomètres à la ronde, elle faisait son œuvre, en fourguant le tabac. Elle ne fumait pas et aucun de ses enfants n'a voulu toucher aux cigarettes après. C'est l'odeur de l'enfance, Maman m'a expliqué. Ça sent franchement mauvais, tout ce tabac.

Elle est morte, Maman, d'un cancer foudroyant. Cigarettes ou non, on a les cellules faibles. Les Allemands du canton sont retournés très frais dans une Allemagne en ruines qui demandait la vie. Bien sûr, beaucoup sont tombés comme des mouches lors du Débarquement. En Normandie, les obus cognaient et franchement bien fort. Ils déferlaient en trombes. On défalquait les Allemands. Et Flora et ses mômes se sont carapatés. L'exode… Elle avait emporté le magot sur son ventre. Flora était prévoyante. Tout l'argent y était. Son mari devait les rejoindre. Il venait, il venait. *Partez, partez tout de suite, je vous rejoins illico.* Il fallait qu'il aille dire au revoir à une copine en ville. Il a pris en pleine gueule un obus américain, ne les a jamais rejoints, mais Flora continuait. Ses enfants à ses basques, les voisins l'encourageant, Flora fit l'exode en fuyant les Alliés. Elle foutait le camp rapidement avec les soldats boches. Les bombes éclataient comme des feux d'artifice. De magnifiques fleurs dans le ciel normand. Et un grand trou bien clair à la place de la maison. C'est ce qui restait après le Débarquement. On a très peu de photos de toute la famille. Quelques tantes parisiennes ont dû pallier le manque. Elles ont renvoyé dans les années cinquante ce qu'elles avaient reçu par la poste pendant les années trente. *Mais tout est dans ma tête*, disait Flora. *Je me souviens de tout.* À croire que cette tare, c'est bien héréditaire ou encore que c'est lié à ce nom si floral. J'ai eu beau enlever le *a*, la mémoire ne s'efface pas. C'est qu'elle me persécute, cette mémoire-là, et assaille aussi l'Fêlé qui ne s'en remet pas. Avec lui, toujours, c'est partout Nuremberg. Des mélopées contre Dieu, Himmler et Goebbels. Il décline la haine au présent, au passé. Il n'y a pas de futur. Voilà Flora, voilà Ferdinand. Il me parle de la BBC, mais pas celle de maintenant, et attend le 18 juin avec acharnement. Je lui en veux de faire parler les morts. Je voudrais lui faire mordre la poussière de ceux qui l'ont mordue. Je me sens comme une ordure à tout vouloir balayer. À faire du passé un joli petit tas que je t'envoie aux poubelles et pour l'éternité. Mais je ne veux pas finir comme Flora à dénoncer les Boches et leurs traîtresses maîtresses. Je sais qu'ils sont légion dans notre pays de sauvages. Je sais que je pourrais passer ma vie à braire, à maudire demain, à être toujours en guerre. Oui, parce que c'est cela que j'ai hérité de Flora, de Ferdinand, c'est la guerre perpétuelle. Dans les tranchées, sur le front, dans les airs, sur mer. Je suis parachutiste, artilleuse, fantassin ou je conduis un tank à travers l'Europe. Je n'arrête jamais. 14-18, 39-45, et j'en passe. Me voilà encore en guerre. Contre qui ? Contre quoi ? Contre les ennemis. Ils avancent en rangs. Comme ils sont bien préparés. De moi, ils feront de la charpie, mais jamais je ne me rendrai. Enfin, c'était ce que je pensais avant la mort de Maman. Mais voilà que je cède, je rends les armes. Qu'on arrête les combats ! Je demande la paix, le grand armistice. Que l'Fêlé s'égosille jour et nuit contre les Boches, qu'il s'époumone allègre sur un air bavarois, moi, je secoue le drapeau blanc et je demande grâce. J'en ai marre de la guerre, j'ai juste envie de vivre, de faire le trou normand. On digère tout cela, et puis on recommence. C'est un autre festin, des mets que je ne connais pas. Que l'Fêlé prenne sur lui l'Histoire de la France, de l'Allemagne nazie, de Ferdinand, de Flora. Qu'il s'en prenne plein la gueule, qu'il se coupe une jambe et qu'il l'envoie en colis recommandé à l'ambassade d'Allemagne. Il me promet de le faire. Eh bien, qu'il le fasse ! Et qu'on n'en parle plus. Que je puisse enterrer les morts encore une fois. Que le Débarquement ne débarque plus dans ma tête. Ils vont bientôt être tous crevés, ceux qui y ont été. Combien faut-il détruire pour que cela ne repousse plus, que cela ne fleurisse plus dans l'esprit de mon frère, ces idées morbides, ces fusillés de la seconde fois ? *Et tu oublies 70, dix-huit cent,* qu'il me lance quand je lui dis que c'est fini, cette fois-ci pour de bon. *Ils se sont réunifiés, tu ne vois pas ce que ça dit. Tu n'as pas peur de la guerre. Tu n'as donc peur de rien ?* Je le fous devant la télé, mon frère délirant, je lui montre les guerres à travers le monde. *On est dans un autre millénaire. Tu n'as pas envie de te faire un bon petit délire contemporain ? Je te jure qu'il y a de quoi faire en ce moment chez nous. Pas besoin de déterrer les morts pleins d'asticots. C'est une viande malsaine qui pue, qui n'est pas mangeable. Mastique du présent au lieu de vomir du passé. Délire comme tout le monde, délire dans l'actuel. Personne ne s'apercevra que tu as un grain. Engage-toi dans l'armée, pars en Afghanistan. Fais tourner la manivelle. Et oublie ton Hitler. Maintenant on fait mieux. Le présent, il n'y a que cela de vrai.* J'en ai marre de la guerre. Je ne sais plus de laquelle, mais je sais que je n'en peux plus. Va-t-on avoir la paix et notre libération ? La sœur de Ferdinand, la vieille tante Suzanne, a fait de mon enfance un vaste champ de bataille, même si je l'ai peu connue. Je sais tous les départs de ceux que l'on ne verra plus, des hommes de la famille décimés au combat. Un matin, durant la guerre, elle voulut conduire son propre fils, François, au train. Avant de partir, elle avait supplié celui-ci de prendre un bon petit-déjeuner copieux. *Le dernier avant ta prochaine permission,* avait-elle ajouté pour le convaincre. *Je ne veux pas te forcer, mon petit, mais fais plaisir à ta mère. Donne-lui les moyens de se rendre utile. Je te fais ton café noir, tu avales quelques croissants avec la confiture de ton père, la confiture de Blois, et puis on file à la gare. Tu ne seras pas en retard, je te le promets.* Ils ont fait comme elle avait prévu. Il a tout mangé, bu deux cafés et ils ont sauté dans la voiture, direction gare de l'Est. Il a rejoint son contingent. Il avait l'air soulagé, presque joyeux de voir les camarades. *Tu comprends,* me racontait ma tante, *à vingt ans, on rigole avec les copains. François était joyeux. Une heureuse nature.* Il n'est jamais revenu. A été fait prisonnier. Est resté bien des mois dans une prison infâme avec quelques jeunes officiers comme lui. Quelques jours avant la Libération, on est venu le chercher à sa cellule. On a mis vingt jeunes hommes de vingt ans dans la cour et puis on a tiré, sans autre forme de procès. À vos armes. Prêts. Chargez. Vlan ! Et voilà la pétarade. La guerre allait vers sa fin. Les Allemands perdaient sur tous les fronts. Le Reich battait de l'aile. Une vraie dégringolade. Il fallait donc mettre à mort des jeunes hommes de vingt ans. Il fallait donc gagner, au moins sur ce terrain-là. Il n'y a pas de petits profits ! Au peloton d'exécution, il paraît qu'on tire bien. Ce n'est pas compliqué de tirer au matin sur des gamins de vingt ans pour ne pas perdre la face. Il faut se la jouer caïd. Se faire Attila. *Après nous, plus rien ne repousse.* François est mort ainsi. D'un petit coup de folie. D'une sauvagerie de dernière minute. De la rage ressentie quand on est les perdants. Quelque chose peut-être qu'on appelle l'honneur. Je ne connais pas François. Il est mort bien avant ma naissance. Sa mère le pleurait encore dans les années quatre-vingt. Elle le comparait à mon frère Florent qui s'était déjà barré sans donner de nouvelles. Florent ressemblait à François. Je crois que mon pauvre frère, il rappelait à la famille de ma mère, du côté Hubert, tous les fils, frères ou pères morts dans les deux guerres. Lui se voit plutôt comme Ferdinand. Néanmoins, cela lui a collé un destin, tous ces jeunes morts là. Pas facile à vivre. L'existence en prend un coup. Vroum, vroum, elle est raplatie. La vie n'est pas coquette. Elle reste toute foireuse. Tu démarres mal ainsi. Plus moyen de redresser le tir. Te voilà dans de beaux draps, et tout cela à cause de la génétique, de quelques chromosomes pas assez mélangés et de tares secrètes. L'Fêlé se prend pour Ferdinand. Il claudique comme lui et porte, fier, la patte folle.

Suzanne, après avoir perdu son fils, a vu crever son frère. Elle aimait fort Ferdinand. En guise de preuve, elle exhibait les deux prothèses de mon grand-père qu'elle avait conservées dans la chambre de bonne. Flora, la femme de Ferdinand, n'en avait pas voulu, des jambes artificielles, mais Suzanne s'était vite dépêchée d'hériter de ces trophées de guerre. Elle avait voulu partager avec sa sœur Hélène, qui lui avait dit de tout garder en la tapant de quelques francs. Hélène était alcoolique et avait besoin de liquide. Suzanne était riche et accumulait les prothèses. Chez elle, c'était un musée franco-allemand, un monument aux morts. Et à chaque visite que je lui faisais, elle allait chercher les fausses jambes pour les faire parader à côté de la cheminée. Elle me demandait de les toucher, de voir les objets avec lesquels mon grand-père avait passé sa vie. Et pendant tout ce temps, elle caressait, extatique, la jambe de bois et l'autre de plastique. La tante Suzanne était une personne absolument singulière qui venait d'un milieu très pauvre. Elle et ses onze frères et sœurs avaient pas mal bouffé de vache enragée dans leur bled normand. En 1920, juste après la guerre qui coûta une jambe à son frère Ferdinand, elle se décida, elle monta à Paris et prit un mari. Un homme tout ce qu'il y a de mieux, qui lui donna des fils, mais qui était tellement vieux qu'on se demande encore de qui furent les enfants. Remarque que la nature n'est pas tellement regardante. Elle donne des forces là où ça sent la mort et fait quelques miracles. Mais tante Suzanne avait quand même épousé Hector Louis pour son argent et son grand âge. Elle n'avait pas envie de vivre longtemps avec un mari et rêvait de sortir de sa grande indigence. Cette femme apprit vite les bonnes manières. Elle racontait souvent comment elle avait dû s'y prendre. Mais elle avait bien fait. Vite devenue bourgeoise, à la hauteur d'Hector qui avait, dès son plus jeune âge, le cul bordé de nouilles et de l'étiquette à revendre. Suzanne m'a d'ailleurs fait cadeau du hochet en argent de mon grand-oncle Hector, que je n'ai pas connu, mais dont je porte le joujou en pendentif. Suzanne aimait les reliques. Son mari, en quelque sorte, en était une. Et ses trois fils aussi. Parce qu'ils sont morts avant elle. Michel d'un cancer qui le foudroya à quarante ans, et Pierre du sida, mais Suzanne n'appelait pas cela ainsi. Elle disait autrement. Il faut dire qu'elle est morte à quatre-vingt-dix-huit ans. Alors c'est vrai qu'à cet âge-là tu risques d'avoir enterré tout le monde. Néanmoins, elle n'a pas eu beaucoup de chance. Et son salon a toujours été pour moi un croisement de salon funéraire et de caverne d'Ali Baba. Mon capharnaüm à Paris où j'allais déterrer quelque morceau de la guerre. Suzanne était volubile, elle racontait le passé. Et sa voix hantera ma vie jusqu'à la fin. On ne parle plus comme elle, et ce depuis longtemps. Un jour où ma télé était allumée sans que j'y prête attention, j'entendis tante Suzanne. C'était Jean Marais, l'acteur. Cette voix d'un autre âge mais qui a su vieillir, qui fait signe à quelque chose que je ne peux nommer. La France des deux guerres, un Paris assiégé. Une chaleur un peu rauque, une intonation qui fait dans la vitesse et qui tout à coup s'arrête, se pose sur un mot pour en étaler le sens. Une voix faite de rythmes et de fonds de gorge qu'on racle le matin pour bien faire vibrer l'air. Une voix de théâtre et de place publique, où l'on déclame la vie, comme une tragédienne. Une voix de Berma, dirait Proust en goguette. Une voix de stentor pour une femme qui a le souffle. J'aimerais, si je suis vieille un jour, avoir cette voix-là. Que la France de la Guerre m'habite ainsi, comme un clairon, comme une victoire, comme une respiration parfaitement maîtrisée ! Que la France ne soit pas seulement un spectre terrible qui s'évanouit lorsque je crois, enfin, avoir mis la main dessus ! Je veux la vieille France, la France toute rance, la France toute pourrie dans le rythme de mes phrases, dans cette façon fière de montrer que la langue expectore, s'expulse, se montre au grand jour. Rien ne se dit tout bas, tout est pour l'agora. Je veux ma voix grandiloquente qui part au quart de tour et qui en moins de deux fait de vous un orateur, un premier ministre. J'en ai marre de ma langue honteuse et maladroite, de ma langue de secrets et d'amours trop cachées. J'aime la péroraison, l'exorde, les grands discours, la belle prosopopée et toutes les épopées. J'aime encore, malgré moi, les héros vainqueurs, les batailles gagnées et les stances bien graves qui parlent de l'honneur. Je ne suis que chirurgienne, je couds, recouds des morceaux, mais j'aime la langue qui gueule parce qu'elle sait parler. Et Suzanne était cela. Je l'écoute en moi faire chavirer le temps et je lui fais des signes pour qu'elle m'habite davantage. Elle n'était pourtant pas toujours très commode. Elle dirigeait les siens comme le fait un petit patron. Après son mariage avec Hector Louis, elle fit venir ses six sœurs à Paris. Toutes plus jeunes que Suzanne, elles étaient en âge de trouver cavalier et puis de se marier. Suzanne les éduqua. Pendant plus d'un an, elle leur montra ce qu'elle-même avait appris sur le tas, en glanant, en copiant. Elle en fit des demoiselles et elle les maria. Hector connaissait tout le gotha. Et dans son appartement de la rue de Rome, Suzanne invita, présenta et fiançailla tout son monde. Ses sœurs lui devaient tout cela. À Deauville, on alla étaler les beautés sur les planches des snobs. Les hommes se retournaient, ils étaient étourdis. C'est tout ce qu'on voulait, faire monter les enchères, et on y réussit. Suzanne profitait de cette dette infinie pour soumettre ses sœurs afin d'obtenir des grâces, mais aussi s'assurer d'une reconnaissance infinie. Hélène était la seule qui était franchement ingrate. Elle avait épousé le fils d'un maréchal de France, maréchal de la guerre de 1870. Lucien était un fils de grande, de bonne famille qu'on destinait à la médecine, mais qui ne travailla jamais puisque, pendant ses études, il s'évanouit immédiatement à la vue du sang. La médecine, ce n'était certainement pas sa tasse de thé. Ses parents étaient riches, il était fils unique. Les vieux moururent jeunes. Et Lucien hérita. Hélène aussi, bien sûr. La vie alors changea. Jusque-là, il avait fallu se plier à beau-papa, belle-maman, aux diktats de Suzanne, avoir de bonnes manières, ne pas croiser les jambes. Mais les beaux-parents enterrés à Trouville dans un cimetière privé qui donne sur la mer, Hélène montra à son mari la belle vie de bohême, les voyages à gogo et l'alcool à flots. Lui ne demandait que cela, apprendre l'encanaillement. C'est ce qui lui avait plu en cette jeune fille si jolie, son air coquin, son air de fille dévergondée à qui on ne la refait pas. Ils s'installèrent en Normandie dans la propriété de beau-papa, belle-maman, pas trop loin du cimetière, et allaient s'amuser au casino chaque jour. Cela dura quarante ans, quarante ans d'amour fou. On perdait, on gagnait. Il fallait la bicyclette pour aller miser quotidiennement. Lucien finit par mourir et Hélène l'enterra. Ils n'avaient pas eu d'enfants, ces deux-là. *Trop égoïstes, trop amoureux, trop épris pour s'encombrer de marmots,* me raconta Suzanne, amère, méprisante. Elle en voulait à sa sœur d'avoir mêlé noces et plaisir. *Un mariage sexuel, il ne manquait plus que cela…* Les autres sœurs avaient toutes compris que le devoir est conjugal et le mariage ennuyeux, que c'était un travail pour les miséreuses qu'elles avaient été, des traîne-savates, des culs-terreuses comme elles. Mais Hélène ne l'entendait pas ainsi. Elle aimait son mari. Cela arrive parfois et même dans les bonnes familles. On la vit sombrer dans un alcoolisme effréné. La seule chose qui la sauva pendant dix ans, ce fut de prendre sa bicyclette et de se taper les douze kilomètres qui la séparaient du casino. Hélène jouait tous les jours, comme elle l'avait fait tant d'années avec son mari tant aimé. *Je pars avec Lucien*, lançait-elle à la bonne effarée en prenant son chapeau. *Je l'emmène en promenade. Toujours il m'accompagne.* Un jour, en 1980, elle eut un accident. Rien de bien grave, en fait, mais une jambe de cassée. Et à cet âge-là, on ne se remet pas trop vite. Suzanne accourut au chevet de sa sœur. Ma vieille tante détestait la Normandie dont elle s'était sortie, mais elle fit un effort, elle alla s'installer quelque temps chez sa sœur, l'ingrate, pour bien lui montrer combien tout dépendait d'elle. Suzanne voulait arracher un merci à Hélène, la remettre au pas. Elle empêcha sa sœur de boire et lui confisqua sa bicyclette. *Tu t'es cassé la patte, tu ne vas quand même pas remettre cela. Tu es dingue, ma fille ! Tu as passé l'âge de faire de telles folies.* Hélène, en cure de désintoxication forcée, privée de ses promenades imaginaires avec Lucien, se laissa mourir. Et fort rapidement. Elle appela ma mère et lui dit que Suzanne allait la tuer. Violette ne la crut pas. Elle eut tort, bien sûr. En deux mois, c'était fait. Hélène trépassa, sa sœur à ses côtés l'empêchant de boire le calvados des paysans. Hélène voulut être enterrée avec son mari, dans le cimetière attenant au casino. Dans son testament, elle avait demandé à ce qu'elle reposât pour l'éternité sous le cercueil de son mari. Il fallut déterrer celui-ci, mettre le cercueil blanc d'Hélène en terre et replacer le fils du maréchal par-dessus. Suzanne maugréa. *Hélène n'a que des caprices*, mais elle exécuta les dernières volontés de sa sœur. Cela augmenterait la dette d'Hélène. Un jour, dans l'au-delà, celle-ci se rendrait compte de tout ce que sa sœur aînée avait pu faire. Et quand Suzanne et Hélène se verraient dans le ciel de Dieu, elles auraient de quoi se disputer. Hélène finirait donc par s'excuser un jour. Elle comprendrait. Suzanne ne pouvait pas soupçonner qu'au ciel, sa sœur l'attendait pour l'engueuler, pour l'accuser d'assassinat, de meurtre prémédité. Dans les dernières années de sa vie, Suzanne, très, très âgée, confia à ma mère qu'Hélène l'empêchait souvent de dormir la nuit, qu'elle venait dans ses rêves lui dire des choses désagréables qui faisaient en sorte que Suzanne se réveillait et ne pouvait plus se recoucher. *Et avec ça, même pas merci*, confiait Suzanne courroucée à ma mère. *Aucune gratitude et même maintenant, après tout ce que j'ai fait. Cette fille est une gourgandine, une sacrée délurée qui n'a même pas la reconnaissance du ventre. Et dire que je l'ai tant aidée et même quand elle a voulu faire passer ses enfants. C'est moi qui la conduisais chez ma faiseuse d'anges. Le Lucien s'est évanoui au moment d'entrer dans la salle d'opération. C'est comme cela qu'on appelait cette pièce qui en fait n'était pas autre chose que la chambre des enfants de la rebouteuse, l'herboriste. La chambre était libre le matin, les enfants à l'école, le mari au boulot. C'est moi qui lui tenais la main, à Hélène, pendant que Lucien tournait de l'œil à côté ou chialait comme un veau. Il n'a jamais eu de courage, ce grand dadais. Ce n'est pas le fils de son père, ah ça, non ! Ils ne voulaient pas d'enfants, Hélène et lui. Ils s'aimaient trop. Mais ils étaient comme des lapins, toujours en train de s'engrosser. Il n'y avait rien à faire. Elle ne m'écoutait pas. Mais bien sûr, c'était moi qui ramassais les pots cassés, qui devais encaisser les coups quand madame était grosse. Une ou deux fois, je comprends. Nous y sommes toutes passées, mais pour Hélène c'était à répétition. Elle était drôlement fertile ou sacrément vicieuse. Une femme peut arrêter ces choses-là. Il faut savoir y faire. Le mari doit prendre maîtresse ou aller voir des filles. On peut se débrouiller, avec intelligence. Mais Hélène, cette entêtée, n'écoutait personne. Elle le regrette, je suis sûre, maintenant, là où elle est. Et elle va y rester encore quelques années… Le paradis, ma douce, ce n'est pas pour tout de suite. C'est une fille coriace, et même à la fin. Elle est partie en me tournant le dos, après une dispute, ne m'a pas redit un mot, elle boudait, madame. Après tout ce que j'ai fait pour elle ! Bien, c'est affreux. Vaut mieux ne s'occuper que de soi. Sans moi, elle aurait passé sa vie avec Papa, Maman et aurait épousé un péquenaud de chez nous. Et des marmots, elle en aurait élevé, la gueuse. Treize à la douzaine, en veux-tu, en voilà. C'était une vraie pondeuse, un champ fertile normand. Une fille du terroir qui y serait restée si je n'avais, n'est-ce pas, pris les affaires en main. Enfin, il vaut mieux ne pas parler de tout cela, ma chérie, je t'embête avec Hélène et mes insomnies. Tu vas bien, ma petite, qu'est-ce que tu deviens ?* Ma mère répondait un peu, parlait de ses enfants, mais cela ne durait pas. Suzanne se déchaînait à nouveau sur Hélène, ses frères, ses sœurs et leur ingratitude, en appuyant très fort sur la syllabe « gra », en montrant bien ici l'ignoble de la chose, la grossièreté sororale et la goujaterie inimaginable de la famille. Ce radotage n'arrêtait pas. Cette façon de sucrer les fraises avec la bouche. Cette sénilité verbomotrice. J'ai tout cela sur cassette, des jours de pellicule. En 1972, un cousin américain en périple en France décida de filmer les survivants d'hier. Il en fit des copies qu'il distribua à toute la tribu. Il alla voir quelques-uns de ses oncles et tantes, des ingrats de quatre-vingt-dix ans. Suzanne était ravie. Le cousin mit la caméra sur une table et la laissa tourner. Il y en a pour des heures. Parce qu'on recommença le manège le lendemain et puis encore le suivant. La vie, ça tourne, ça tourne, ça n'en finit pas de tourner. Les autres aussi ont accepté. Toute la famille de Suzanne, la famille tuyau de poêle, s'y est mise. Et bien sûr, cela ne parle que des guerres. Que de tanks allemands, d'obus de la vraie, de la 14. Et puis du temps qui passe et des frères et sœurs pas fiables qui ont gâché la vie de tous et de chacun. On finit par se détester. C'est une longue complainte, un vrai chœur antique où ça fait dans la jérémiade, ça récrimine, ça geint, et puis tout d'un coup, ça s'exalte, ça s'amuse. L'oncle Raymond est le plus loquace. Le cousin Frank est allé le dénicher dans son village. Il s'est réfugié là, le plus jeune frère de la famille, après avoir tenté sa chance à Paris chez ses sœurs si bien mariées. Mais il n'y avait rien à faire. Raymond était un type sans manières qui s'encanailla à Paris, devint vendeur ou brocanteur et traînait dans les bistros, les cafés et dans tous les tripots en dilapidant l'argent de sa sœur. Après de longues années de ce petit manège, Suzanne lui acheta une toute petite ferme normande dans laquelle elle espérait qu'il disparaîtrait. Ce qu'il fit. Il était las d'errer dans la grande ville. Il avait fait le tour des possibilités. Il lui avait fallu quinze ans de folies parisiennes pour s'ennuyer de son petit pays. Il voulait donc revoir sa Normandie, mais se fit prier pour que Suzanne casque. Alors, quand le cousin arriva des États-Unis, Raymond n'avait guère l'habitude de tant de cinéma. Ses sœurs venaient peu le voir, il n'y avait qu'Hélène qui lui rendait visite, à vélo, les dimanches, quand il faisait beau. Raymond vécut seul et, ma foi, pas malheureux, mais il n'avait pas souvent du monde à sa porte. Il lui en a donc donné pour son argent, au cousin américain. Ça n'arrêtait plus. *C'est qu'on les a bien eus, les sales Boches, plaf, plaf ! Ils sont morts en cascade, morts en rafales de balles. Morts comme des rats. La guerre, c'était vache, qu'est-ce qu'on en a bavé, qu'est-ce qu'on a pu s'en prendre, des gnons, des torgnoles, des sales coups du sort, mais c'était aussi bien, ça avait de bons côtés, le monde n'est plus comme ça. Les choses vont plus mal. Le progrès, le progrès, mais foutaises, le progrès… Est-ce que les humains ont changé ? Non, et surtout pas les Boches. Ils recommenceront, c'est couru. Tu ne les connais pas, mon p'tit gars. Tu les as pas côtoyés. En Amérique, c'est loin, et pour cela, c'est de la chance. Non, franchement faut avoir vécu avec eux. Ils nous ont occupés, que diable, je mangeais avec eux. Venaient bouffer chez nous. Tout réquisitionner. Il y avait de quoi avoir la pétoche. Mais on en avait vu d'autres. Avec eux, on connaît d'avance le scénario. Y ont rien dans le ventre, les Boches, des couilles molles, des lâches. T'as vu comment ils s'y sont pris avec les Juifs, si c'est vrai. On raconte tellement de choses, on ne croit plus personne. Remarque que venant d'eux, ce ne serait pas étonnant. J'ai le vertige rien qu'à y penser. Il y en avait des gentils. Qu'est-ce que tu veux, c'étaient beaucoup des gamins. Mais enfin, c'étaient des Boches, et on ne traînait pas quand ils nous disaient de leur donner nos postes radio. Il n'y a que la femme de Ferdinand, Flora, une entêtée qui n'a rien voulu savoir et qui écoutait la BBC chez elle, tranquille. Ils auraient pu la tuer pour cela. Bien, pas du tout ! Ils venaient tous les soirs écouter cela chez elle. Elle leur tenait tête. Une fière bonne femme. Mais enfin, c'était fou, ils l'auraient supprimée qu'elle ne l'aurait pas volé. Quand on a des enfants, il faut faire attention. Je me demande à quoi elle pensait, celle-là. Et notre frère Ferdinand, il ne pipait mot. Il était amoureux d'elle, faut croire. Même si c'était un chaud lapin qui contait fleurette à toutes les filles du département. Cela ne lui a pas porté chance. Si tu vois ce que je veux dire. C'est ça les catastrophes. Les morts pleuvaient, comme des obus. Des étendues de flammes, des kilomètres de morts qui sentaient la charogne. Mais on ne s'en parlait pas. On fuyait les bombardements. Boum, boum, ça frappe fort, que j'te dis. Des avions qui jaillissent, qui vrombissent et qui nous pissent dessus. Des choses qui nous secouent, qui nous crèvent les tympans. Un bruit assourdissant. Un barouf du tonnerre. Les bombes s'embrassent, les bombes dansent dans le ciel. Les Américains, les Canadiens, qu'est-ce qu'ils étaient préparés ! Rien à voir avec les Allemands. Beaucoup furent comme Malbrough.* Malbrough s'en va-t-en guerre, mironton, mironton, mirontaine, Malbrough s'en va-t-en guerre, ne sait quand reviendra. *Ils ont perdu des vies. Et sûrement trop.* La Trinité se passe, mironton, mironton, mirontaine, la Trinité se passe, Malbrough ne revient pas. *Mais c'est la guerre, ça. Il y a rien à dire, c'est ainsi. Il faut bien se libérer. Il faut bien massacrer. Après l'Algérie, quelques années plus tard, tu décides si tu veux y aller ou pas. Les hommes peuvent se planquer, faire l'autruche. La bête. Mais pendant la vraie guerre, ça se passe au-dessus de ta tête. Tu ne bouffes plus pendant des mois, tu as l'estomac qui te tiraille. T'as des envies de tuer et pas seulement les Boches. On se donnait du courage. Les soldats, ils chantaient Craonne. Belle chanson, n'est-ce pas ? J'en ai les larmes aux yeux. Si c'est pas malheureux tout ça. Et les riches sont plus riches, pendant que les petits jeunes, les gamins de paysans sont de la chair à canon. Mieux vaut plus y penser. Je te ressers un verre. Encore un que les Allemands n'auront pas… C'est comme ça qu'on disait. Fous-toi ça derrière la cravate. Et n'y pense plus, mon petit gars. Tu viens de Chicago. J'ai connu un jeune homme qui venait de là. Un gars bien élevé. Je pigeais pas trop l'accent. Ici on connaît le british, mais l'amerloque, tintin. Un jeune bien. Un Juif qu'il disait, il voulait aider.* I want to help you. *Il a dû mourir. Je lui avais demandé de repasser au village après la guerre, ou de nous envoyer une carte de chez lui. Chicago, il paraît que c'est beau, mais aussi que c'est froid. Que le vent est coriace. C'est ce que ce petit Juif racontait en tout cas. Et puis, j'ai vu des photos plus tard à la télé. On n'a pas ça ici, mais on a eu la guerre. Alors on est en retard, côté architecture. Des villes entières détruites, des maisons bousillées. Ça fait mal au cœur rien que d'y penser. Le Havre, tiens, Le Havre où mes presque beaux-parents vivaient, totalement foutu. C'était la désolation. Mieux vaut mourir, monsieur, que de voir ça. C'est pas du joli. C'est la guerre. Ah ! on en a bavé… C'était pas rigolo. Ça donne encore des crampes ou des cauchemars, la nuit, on se réveille. C'est vraiment bien navrant. Il y a de quoi devenir hargneux. On ne peut rien oublier. Puis la vie continue. On fait aller. On remet ça. Certains refont leur vie. D'autres ne peuvent pas. Ils sont complètement fichus. La guerre brise des mecs beaucoup plus forts que nous. Une commotion qui écrabouille l'esprit. Après, tu as le cerveau mou et le cœur arraché. On survit, on persiste. Il faut bien s'accrocher. Que ça ait un sens tout ça. La vie à bras-le-corps. Mais on se traîne. Plaf… Plof. On fait triste figure. J'ai des copains, ben, ils seraient mieux morts. C'est pas de gaieté de cœur que je te confie ça. Mais j'aime mieux être honnête devant la postérité. Il y a quand même de belles fêtes. Des commémorations. J'y vais toujours. Je me sape comme un roi, j'ai encore de l'allure. Ça défile, ça nous salue, ça nous remercie beaucoup. Il y a le mot héroïsme, et puis bravoure, courage. Balivernes, que je pense. Quand faut y aller, faut y aller. Et c'est pas parce qu'on veut. J'étais trop jeune pour décider. Partir, ça n'aurait pas fait sérieux. Les vivres devenaient rares. Rester, c'était pas mieux. Il y a les animaux qui consolent la peine. Mes chats, mes clebs me tiennent compagnie. C'est cela qui me fait peur, que la guerre revienne. Parce que les animaux, on ne peut pas les garder. C'est pas vraiment évident. Mais moi, je ne pourrais plus m'en passer. Je préférerais crever. Quand ils ont remis ensemble les Allemagne, je n'en menais pas large. J'avais peur pour mes bêtes, pour Hortense et Clémence. S'ils refont le coup des gaz, on sera vraiment foutus. Je peux pas leur mettre des masques à mes petites bêtes. J'aime mieux me faire égorger par ces porcs de Boches que de m'en séparer. C'est une tragédie, on s'attache. Et la guerre peut tout détruire en moins de deux. Le monde craque vite, je te le garantis. Ils auraient le culot de remettre cela. Plus rien qui m'étonne. L'histoire se répète toujours. Un philosophe l'a dit. Je crois même qu'il était Allemand, celui-là. Tu vois comment ils voient le monde. Y a rien de beau dans tout ça. Ta caméra tourne encore, petit cousin ? Je me demande où ça nous mènera toute la technologie. Ils vont tuer les gens autrement, mais ça sera le même résultat. C'est les pauvres qui écopent. Les riches s'en sortent toujours. Et mon frère Ferdinand qui est mort bêtement. Un obus qui l'a atteint. Il n'était pas avec sa famille. Du travail... Je ne sais plus. Moi, j'étais dans l'armée, je m'étais engagé. Je suis le plus jeune des enfants. Je me rappelle pas de la Première Guerre. Pas pu être un héros. J'étais à peine né. J'ai voulu me rattraper. Cela n'a pas mal marché. Mais chez moi, j'aurais fait quoi ? J'ai fait le bon choix. Maintenant, c'est fini. Ça peut recommencer. J'espère seulement sauver les animaux. Il n'y a qu'eux qui valent le coup. Les seuls qui sont fidèles. Parce que les femmes... Mais t'es pas venu jusqu'ici pour entendre mes cabrioles, mes histoires de gonzesses. À Paris, c'était quelque chose. On s'amusait bien. Enfin, il faut être jeune.*

Mon frère, l'Fêlé, confia à Maman, durant son agonie, qu'il avait passé quelques semaines avec Raymond en Normandie. Il paraît qu'ils s'entendaient bien, ces parasites-là. Je pense que Florent voulait ainsi connaître mieux la guerre. Je retrouve les expressions de Raymond dans le charabia de Florent. La même intonation, la même histoire embrouillée. On n'y comprend rien. Bernique ! Macache le sens ! Le délire, c'est familial. Va savoir après si c'est de l'inné ou de l'acquis. Est-ce que c'est au contact de Raymond que l'Fêlé a perfectionné son discours ? Je ne sais pas. Mais moi aussi, la guerre, cela m'obsède. Tout le monde m'en a parlé. Et quand j'ouvre la télé, il y a toujours un programme sur les guerres mondiales ou un film de Nazis. On fantasme encore sur l'uniforme allemand. Il y a assurément quelque chose de séduisant là-dedans. Je me demande bien quoi... Un rien de puissance, la méchanceté perverse. Cela nous plaît, il faut bien s'en rendre compte. Autrement ce ne serait pas à la télé, à toute heure du jour. On regarderait autre chose. Il n'y a que mon père et sa femme Céline, l'orthodontiste, qui me protègent de la guerre. Papa, il s'est caché. Il luttait contre autre chose. Contre le Canada. Mon père a toujours été farouchement patriote. En lui, ma mère voyait une possibilité d'oubli. Enfin, un homme qui n'aimait pas la guerre. En tout cas, pas celle-là. Il préférait celle qu'il allait mener toute sa vie contre le gouvernement fédéral. Il préférait la guerre souveraine, la guerre d'indépendance. Avec lui, j'ai pu souvent oublier les Allemands. *C'est qui ça ?* qu'il me disait en éclatant de rire. *Pense à notre avenir. Tu es une Québécoise et sois fière de l'être. Des ancêtres français, c'est tout ce que l'on a.* Le père du Fêlé, il était aussi comme ça. Un enragé furax, un refus-globaliste, un militant bien fou. Mon frère a été avalé par l'Histoire de sa mère. Le père n'existait pas. Il l'a fort peu connu. Après la naissance de mon frère, il s'est barré bien vite. Florent a fait comme son papa. Le coup du disparu. On ne choisit pas sa lignée et puis son héritage. La guerre, en fait, c'était à moi. Florent, il fait semblant. Il n'a rien des Hubert, c'est un pur Létourneau. La guerre, c'était mon affaire. Et il me l'a volée… La guerre, c'était ma folie. Il est parti avec. Il m'en a, néanmoins, laissé quelques morceaux. De quoi perdre le ciboulot, de quoi virer maboul. Mon frère se la ramène. Et que faire de lui ? Que faire de ce qu'il m'a pris et de ce qu'il me rapporte aujourd'hui ? Je lui laisse le tout. Qu'il prenne, qu'il prenne… C'est ce que je me dis.

6

Il ne faut pas croire qu'il est très beau, le salaud, mais il était là, hier soir, précisément quand j'avais envie de m'envoyer en l'air avec le premier venu. Me faire le premier qui passe. Parce que c'est ainsi que la vie conne, la vie molle vous rentre dedans. *Bing, bang, et je te baise, ma cocotte...*

C'est comme cela qu'elle me parle. Mais c'est ce que je voulais, non ? Je me somnambulise, je m'éthère, je m'efface dans la banalité des choses, je deviens bouillie, c'est mon pari. Je me tape le premier type venu, je vais dans les bars, chez les copines ou dans les restos et je souris et je désire et je te fais marcher la grande machine de l'ennui sexuel, à coups d'orgasmes. Et hier soir, la machine fonctionnait à ravir, toute purpurine.

S'il avait eu une femme, ce pauvre bougre, je me serais lancée dans l'aventure, coquine, je n'aurais fait ni une, ni deux. La vie aurait été emballée en cinq sec. J'aurais été la maîtresse d'un homme marié, j'aurais souffert en me faisant accroire qu'un jour il lâcherait sa vie mesquine pour moi. S'il avait eu une concubine, une petite épouse à bichonner, à emberlificoter, je me serais offert une piètre histoire d'adultère, comme tout le monde... C'est con, mais cela ne m'est pas arrivé souvent. Je n'ai jamais rien de la sorte à me mettre sous la dent, jamais du flapi, jamais du cru... Il était tout bêtement célibataire et il me parlait déjà d'enfant et de voyages. Il y avait dans l'air de l'extraordinaire. Cela sentait le roussi : le futur fou, le futur dingue… Mais je n'en ai rien à foutre de l'avenir… Maman est morte. Je veux vivre au jour le jour et devenir comme tout le monde. M'envoyer en l'air avec lui ou un autre, et puis oublier, retomber toujours dans les mêmes conneries, repasser dans mes pas, tomber de Charybde en Scylla, le sourire aux lèvres.

Il n'était même pas marié, ce type. Pas de quoi en faire un plat, même pas le plat froid de la vengeance sur la vie. Après avoir orgasmé une dizaine de fois, je me suis levée, j'ai foncé vers la cuisine, j'ai avalé mes cinq pilules arc-en-ciel et un grand verre d'eau et je suis partie. *Ciao, mon vieux… Je vais recoudre des corps. Pas le temps de te faire un dessin. Moi, je ne fréquente plus que les hommes mariés. Comme tout le monde. Tu n'avais qu'à y penser avant… Tu n'avais qu'à faire un grand mariage, ne pas regarder à la dépense, embrasser tout le domestique, étreindre les pénates et puis m'avouer un jour, la queue entre les jambes, ta culpabilité à quitter ta femme à moitié folle. Tu n'avais qu'à le préparer ton avenir. Moi, je n'aime que les gens prévoyants…*

Il est du genre pot de colle, je dois me rendre à l'évidence, et plutôt Crazy Glue que colle Lepage. C'est un dingue… Un emmerdeur. Et j'ai de l'expérience dans le domaine. Mon diagnostic est sûr. À minuit, quand je rentre de l'hosto, il a déjà laissé des tas de messages sur mon répondeur. Des messages d'amour, pleins de promesses et de mots impossibles. Je n'aime pas cela. Je veux dire : sa voix, sur la messagerie vocale. Si l'on veut me parler, j'ai le cellulaire avec moi en permanence. Je suis médecin, toujours prête pour une urgence, pour une catastrophe. Toujours prête à rafistoler la vie bousillée, la vie peau de vache qui agonise. Mon cellulaire n'est pas fait pour les chiens. Et qu'il laisse la messagerie libre pour Maman ! Si elle voulait m'appeler de l'au-delà, je sais qu'elle passerait par là. C'est ce qu'elle faisait de son vivant, elle me laissait de longs messages sur mon répondeur. Elle ne voulait pas me déranger, mais elle ne pouvait attendre pour me raconter la dernière bêtise de son voisin ou me lire la lettre toute fraîche de Genêt. Maman me laissait de longs, longs messages que j'écoutais chaque soir amoureusement, en rentrant de l'urgence. J'avais à peine mis le pied à la maison qu'après avoir embrassé Rose, qui dormait depuis belle lurette, je prenais le téléphone et je vaquais à ma vie avec la voix de Maman en fond sonore. C'est sa voix qui m'accompagnait quand je bouffais la pizza froide qui traînait dans le frigo et c'est sa voix qui me berçait comme je me blottissais en boule sur le canapé du salon. Je m'endormais presque toujours au son de la voix de ma mère, et s'il n'était pas trop tard, je lui passais un petit coup de fil, histoire de l'entendre encore. Ce n'est pas parce qu'elle est morte que je vais arrêter d'attendre ses appels. En tout cas, pas tout de suite... Je sais que Maman peut continuer à me téléphoner et même de l'au-delà. Je sais qu'un soir, elle sera là, au bout du fil, pas en direct, je ne suis pas folle, mais en différé, et donc qu'elle aura laissé un long message pour m'expliquer ce qui se passe là-bas parmi les vers et les anges, dans la décomposition visqueuse et dans le diaphane céleste. Son appel m'aidera. La mort, je l'emmerde. Qui lui a donné mon numéro à ce célibataire ? Qui lui a dit que j'existais ailleurs que dans ses rêves ? Hervé, très certainement. C'est chez lui que je l'ai rencontré hier soir, ce pauvre type. J'étais allée récupérer Rose, et Hervé avait à table quelques invités. Je suis restée prendre un verre, et puis Rose voulait dormir avec Anna. Ces petites-là, c'est simple, elles s'adorent. Il était là, le mec, une vraie armoire à glace. Un grand roux très en chair. Rien de spécial en lui. Un gars qu'on oublie immédiatement, qu'on fout à la poubelle avec les kleenex et les condoms serrés. Un gars pas recyclable. Tout ce qu'il me faut pour devenir normale, pour oublier, une nuit, mes cauchemars et ma Maman morte. Je suis donc allée prendre un autre verre avec lui dans un bar, après avoir embrassé Rose. Je suis très dégagée, je drague devant ma fille. Comme tout le monde, non ? Il ne faut pas se gêner ! De toute façon, Rose ne veut pas être toujours avec moi. Je suis si morose parfois et je la fais parler de sa grand-mère. J'ai si peur qu'elle l'oublie, qu'un jour elle n'ait que les souvenirs que je lui aurais racontés. Plus de grand-mère à elle dans sa mémoire, mais rien que des histoires toutes faites, les histoires de sa mère. Sa mère à la mémoire d'éléphant, à la mémoire d'ordinateur, de psychotique, de machine contaminée par le virus de l'hypermnésie. Sa mère aux souvenirs préfabriqués. Je voudrais tant apprendre à oublier, effacer tout mon disque dur. Il faudrait que je trouve une maladie qui me boufferait la matière grise, qui grignoterait ma Maman, qui la ferait disparaître de dessous mon crâne. Que tout se brouille, que je n'aie plus rien dans la tête. Juste des ruines, des radeaux de la pensée qui flotteraient dans les eaux du passé, mais rien sur quoi je pourrais vraiment m'agripper. Rien sur quoi voguer. Mon crâne vide. Rien.

Je n'y arrive pas. Ce n'est pas la volonté qui manque, pourtant, mais je suis incorrigible. Le passé me parle encore. J'ai des médicaments, des trucs efficaces, des inhibiteurs de vie, voilà l'indispensable. Voilà le très nécessaire, et puis je dépose le tout sur le divan d'analyse, je lui laisse là, à lui, mon psy, sur ses coussins cramoisis, mes jours merdeux en dépôt. Je fais peau neuve à force d'utiliser le gommage exfoliant du temps. Je laisse tout derrière moi. Je tire la chasse d'eau de la vie. Je vais devoir le secouer, mon copain psychiatre, mon dealer d'oubli. Il n'a pas compris encore, le crétin, qu'il fallait me bloquer les circuits du passé, me ligaturer l'histoire. Je dois la laisser vivre, ma Rose. Je ne suis pas encore assez comme les autres. Je vis trop avec les morts. Les médicaments, les psys et le reste vont finir par me guérir. Je travaille fort. Je baise avec le premier venu. Et ce n'est pas toujours facile.

Ce mec avait l'air comme tout le monde. Il ne me plaisait pas vraiment. Mais tout de même un peu... J'aurais dû me méfier, je n'attire que les dingues, la foudre, les catastrophes et les coups du destin. Je n'aurais pas dû accepter. La prochaine fois, je tirerai au sort, je jouerai à am stram gram, pic et pic et colégram ou à colin-maillard. Je ne dois même plus y mettre la moindre volonté, il faut que j'accepte n'importe quoi, n'importe qui, surtout que je ne décide de rien. Me laisser transporter par le grand air de la vie. Allez, oups, je pars pour un tour. Je vais me faire ramasser par le premier venu. Mais avec moi, il n'y a jamais de hasard. Que du destin, que du tragique. Du Eschyle, du Shakespeare, du Sophocle, du Racine. Je suis comme Œdipe, avec moi tout vire au grandiose, au sordide. Si je baise avec un inconnu à la croisée des chemins, c'est très certainement que ce mec est mon père. Pathos et compagnie et patin et couffin. Mais est-ce qu'on va m'expliquer pourquoi, chez moi, tout fait sens, tout fait signe, tout fait ventre, tout fait destin ? Pourquoi faut-il que la mayonnaise de la vie prenne à tout coup, alors que je cherche sans cesse un moyen de la faire tourner ? Comme tout le monde. Je me suis toujours vautrée dans le luxe, le somptuaire, l'immense et la fatalité. Celle-là, elle m'a carrément gâché la vie, la fatalité. Elle rappliquait tous les quinze jours à ma porte. *Toc, toc, toc, gamine, me voilà. Il y a encore quelque chose de grand que je t'apporte, un cadeau bien riche d'avenir. Déballe, ma chérie, déballe. Tu ne peux tout de même pas refuser les présents du destin. Toc, toc, toc, ma mignonne, voici un frère dingue qui joue au revenant, après trente ans d'absence… Toc, toc, toc, voici la jambe de Ferdinand qui vient de temps en temps te rendre visite la nuit quand tu as si peur…Toc, toc, toc, ma belle, ben, c'est vrai que t'es toquée, mais ça aussi, c'est un cadeau, un cadeau que je t'ai fait. C'est un genre d'élection… Tu vois, comme une grâce, une offrande, un prix de présence. Rien que pour toi. Un bouquet splendide fait des fleurs du sort. Mais bien sûr, il faudra que tu casques. C'est pas gratuit tout ça. On n'a rien pour rien. Et la fatalité a besoin, elle aussi, qu'on se souvienne d'elle. J'ai besoin de toi, mon ange sucré. Toc, toc, toc. De petits services de temps à autre. Que tu apportes la bonne parole à tes copains, des petits cadeaux du destin à quelques-uns de tes amis. Tu es celle par qui tout arrive. Qu'est-ce que t'es vernie que je t'ai choisie… J'ai toujours quelque chose à te donner. Les étrennes du naître, du vivre et du mourir. C'est fou ce que je suis généreuse, moi la fatale fatalité. Dis, tu trouves pas que je suis séduisante ? Toc, toc, toc, ma toute transie, ouvre-moi la porte, je te montrerai mes jambes, mes belles jambes aux bottes de sept lieues qui me font courir plus vite que le hasard. Je te laisserai toucher mon entrejambe, ma cocotte chérie, ma petite vilaine, et tu feras dans les bas-fonds du fatum. Du très beau. C'est pas noir du tout, le destin, c'est rouge, toujours plus rouge, érubescent, indécent, une grenade obscène, un fruit défendu que l'on doit garder en bouche. T'as souvent eu envie de vomir, Flore Forget, ma belle Flore Forget à la fleur bien lubrique, quand je t'ai foutu ma langue dans la gueule, ça te ruisselait de partout, ça coulait le long de tes belles lèvres nacarat, et plus je t'embrassais à pleine bouche, plus tu te débattais comme une petite folle. Je t'ai eue, ma belle, je t'ai violée mille fois, et la destinée s'est enfoncée en toi. T'as beau te shooter aux antidépresseurs, aux anxiolytiques et à toutes tes merdes. T'as beau t'acoquiner avec tes copains les psys ou les pharmacologues, si j'ai envie de toi, je passe sans prévenir, je cogne à ta porte ou sur ta belle tête brune. Toc, toc,*

toc, t'es là, et tu dois me répondre. Je sonne à trois heures du matin pour t'annoncer la mort d'une proche ou je tambourine contre ta joue un après-midi pour te faire part de la disparition de ton chien. Et puis sans crier gare, me voilà dans ton entrée d'immeuble avec ton frère dingue sous le bras, tu sais, celui que tu n'avais pas vu depuis trente ans et que tu croyais mort… Tu te fais avoir, Flore Forget, je te baise, ma grande, et je sais que tu aimes ça. Il n'y a que moi qui te procure tes plaisirs… Toc, toc, toc, et ta mère crève en deux mois du cancer du sein. C'est que je suis là pour toi, je suis là pour la grandeur, pour la splendeur du sort. Je suis la femme fatale de la fatalité et ta dépression, ton désir de normalité, c'est moi qui te l'ai collé, pour que tu te dépasses, pour que t'ailles jusqu'au bout et que tu cries grâce et que tu trouves la mort. Toc, toc, toc, et tu n'as pas dit non, cette fois. T'es devenue conciliante avec le temps, ma belle. Nous formons un vieux couple d'amantes amarante, éprises de la guigne, mais aussi de la baraka. Avec nous, il faut que ça bouge, faut que ça saigne cinabre, faut recevoir les coups et c'est moi qui te les donne. Toc, toc, toc, mon amour, ma Flore, je te la déflore, ta banalité. T'es une fille de tragédie. Le comme-tout-le-monde n'est pas à la portée de tous. Tu le sais bien, ma chérie. Et puis, je sais que je te plais, ma Flore, je sais que tu te laisseras toujours séduire par moi. Je te fais le coup de la beauté, je te fais la grande scène de la séduction, je te parle histoire, je te susurre certains mots, je te chatouille l'oreille de mes funestes accents et je murmure tout bas, sans trop en avoir l'air, les noms des dieux et des diables, et tu te laisses prendre, Flore Forget, tu ne peux pas y couper. Toc, toc… Je te possède et je te repossède. Je fais belote et rebelote. Vois, tu ne peux pas me résister. Tu fonds, tu te liquéfies, tu te lances tête baissée dans l'aventure, tu te mets à croire aux étoiles, à t'exciter devant la folie du monde, à te soumettre à tous mes désirs. Je claque mon fouet, schh, schh, je le fais vibrer au-dessus de ta tête en te titillant de mes grosses lèvres pulpeuses, et te voilà à genoux devant moi, rouge fatalité. Tu m'entends. Toc, toc,

toc, v'là qu'on entre en scène, v'là les coups du destin, v'là le pas trépidant du sort, v'là la danse des morts et leurs pieds qui martèlent. Et te v'là toi aussi qui veux faire la ronde. Tu as beau protester, ma Flore éplorée, tu as beau dire que depuis la mort de ta mère tu m'as assassinée, moi, ton destin tragique, ta folle fatale, tu resteras toujours à moi, ma belette. Tu le sais bien. Il suffira que je lève le petit doigt pour que tu recommences ta vie de Baptiste, ta vie de prophète, ta vie impossible, ta vie de quelqu'un à qui il n'arrive que de l'abracadabrant. J'ouvre grand les jambes, Flore, pour que tu voies où tu vas. En moi, dans ta fatalité.

C'est fou l'effet que me fait cette voix sur la messagerie. Des effets secondaires et peut-être plus encore. C'est fou, c'est un fait… La voix du célibataire endurci qui m'aurait attendue toute sa vie. La voix du mec Cendrillon qui n'a jamais trouvé chaussure à son pied et qui me baise toute une nuit et qui en redemande. Il ne peut pas m'oublier, comme tout le monde ? Il ne peut pas me foutre la paix et ne pas s'accoupler lubriquement avec la fatale fatalité ? Il ne peut pas tout simplement tirer son coup ? Il ne faut pas penser à Flore Forget. Pas penser que l'on existe, que l'on a envie du meilleur et parfois même du pire. Pas penser que l'on n'est pas d'humeur à s'arrêter là et que the sky is not even a limit. Il ne faut pas penser. C'est là que je vois bien que mes médicaments sont mal dosés. Je l'ai dit au psy qui n'est même pas foutu de comprendre ce qui se passe sous mon crâne. Veut-il que je m'éclate la tête contre le mur et que ça saigne carmin, rocou et rubicond ? J'exige la petite vie ronflette, la vie à roulettes qui va doucement vers la mort, la vie aspirateur, celle qui ramasse tout, celle qui ne laisse aucune tache, celle qui absorbe fort, le bien, le mal, la douleur et la joie. Je vais les rédiger moi-même, mes ordonnances… J'ai besoin de deux ou quatre grains d'ellébore et d'en finir avec tout ça. Maman est morte, que diable…

J'avale quelques comprimés de somnifère. Il faut que j'arrive à roupiller, à me coucher hébétée et à me deleter. Dormir comme sonneur, dormir comme souche, comme loir, marmotte, bienheureuse, brute ou encore moi. Je veux mon corps mort qui continue automate, pantin du quotidien. Je m'endors vraiment fort, je plonge dans le sommeil. Me v'là, ténèbres sourdes du nocturne infini. Je m'endors pour toujours à coups de petites pilules et demain, au réveil, je ferai la noctambule. Il n'y a plus que de la nuit. Il n'y a plus que du noir, et ce n'est pas que je le broie, c'est que je m'y enfonce. Bonne nuit, ma Flore, bonne nuit, ma princesse endormie qu'aucun prince charmant ne viendra ranimer. Pas de beaux rêves. Surtout pas. Le néant, c'est assez.

Le téléphone sonne… C'est une tragédie, une infamie abjecte. Il faut que j'apprenne à ne pas décrocher au moindre appel. Il faut que je comprenne que les dring, dring du destin, ce sont les sirènes d'Ulysse et que je dois tout simplement penser à me racheter des boules Quiès, quand j'irai en France à Pâques. J'aurais dû me faire perforer les tympans, aller dans un concert rock et me faire sauter la caisse de résonance, me déchirer les esgourdes ou encore cultiver le cérumen et y planter des fleurs. Des violettes, pardi, et puis quelques roses grenat. Mais je suis médecin, pauvre fille, et c'est l'appel du devoir auquel je dis oui. Je me dois de décrocher. Je n'ai pas envie de répondre mais cela n'arrête pas de sonner. La messagerie se déclenche, et l'animal remet ça. Ça sonne et ça resonne. J'ai la bouche pâteuse. Zaleplon, ça endort, mais ça ne réveille pas vite. Il y a comme un entre-deux. Et puis l'élocution au réveil n'est pas toujours au point. Il y a l'incoordination, quelques petits effets… Comme une envie terrible de pisser, mais ça c'est toute l'eau que j'ingurgite avec les cachets. Ce n'est pas dans la liste des effets indésirables, si je me souviens bien. Va falloir que je réponde, ça ne cesse pas de sonner. Rose dort à côté, ce n'est donc pas elle qui souffre. C'est peut-être Genêt ou encore l'Fêlé qui a encore foutu, pugnace, un ramponneau au copain… C'est sûrement un malheur, une guigne, une cerise, une merde, une embrouille ou une mort. Cela ne sonne pas pour rien. Ou alors l'hôpital, un patient qui se meurt, que je devrais éponger, hémostasier rondement et coudre de fil blanc. L'hôpital, c'est des morts, mais pas toujours les miens. Ce sont les patients des autres, leurs amis, leurs parents. Je ne peux pas pleurer tout le monde. Je me suis fait une raison. Depuis le temps que je travaille… Mais justement c'est pas le bip, bip de l'urgence, pas les clins d'œil très pros du cellulaire médical. Va falloir que je réponde. Je ne vais pas pouvoir y couper. C'est le dring, dring de ma vie, du téléphone bien mien. Va falloir que je pisse, parce que je vais sûrement devoir agir, je ne sais pas encore sur quoi. Qu'est-ce que j'ai dû boire hier soir pour que cela commence à me tenailler ainsi et à me contracter le bas-ventre ! Je me décide enfin. J'attrape le combiné en me lançant aux toilettes. Et c'est en me soulageant, en pissant bien dru, que je réponds décomposée : *Oui, oui, qu'est-ce qu'il y a ? Docteur Forget à l'appareil !* Il y a quelqu'un qui s'esclaffe, il y a quelqu'un qui se bidonne et qui couvre le bruit de l'urine qui ricoche. Je n'ai pas encore compris que l'on me réveille à six heures du matin pour se dilater la rate. Cela s'arrête enfin. *Je ne savais pas, ma toute Flore, que tu étais toubib, j'aurais plutôt parié pour le métier d'interprète, un truc avec les langues, un truc qui permet de tchatcher, un truc d'éloquence. Parce que, qu'est-ce que tu causes, ma Flore, et même quand on baise, tu n'arrêtes pas de causer, tu dois les étourdir tes patients, non ? T'es psy, Flore ? Moi, tu vois, je suis cuisinier.*

Si je parle autant, ce sont les effets de mes inhibiteurs sélectifs du recaptage de sérotonine ou alors c'est peut-être aussi la conséquence de ma bipolarité. Mon ami psy n'arrive pas encore à bien savoir. Il cherche le bon diagnostic. Mais… c'est pas vrai ! C'est vous, le mec de l'autre soir avec lequel je me suis envoyée en l'air ? Mais vous m'appelez pour me parler de vos fantasmes sur mes langues, vous m'emmerdez depuis hier parce que vous vous branlez à l'idée que j'allais vous dire grosse queue en chinois ? Je suis chirurgienne, connard, les langues, les muqueuses et les excroissances, je les recouds. Il n'y a pas de quoi vous exciter, pas de quoi bander. Je suis chirurgienne à l'urgence, je me lève tous les jours très tôt et aujourd'hui, je dois y aller, je travaille, moi ! Alors, je vais raccrocher, bien gentiment. Je ne sais pas votre nom, monsieur, mais que vous soyez cuisinier, cela m'est complètement égal. Et comme j'ai besoin de m'essuyer, parce que je viens de pisser, je me permets de vous le raconter parce que nous avons déjà été un peu intimes, je vous dis au revoir, et surtout ne rappelez pas. Je voulais seulement baiser…

Il n'écoute rien, ce type, le voilà qui remet ça. Je lui raccroche au nez, mais il n'arrête pas de sonner. Furax, je réponds. Je vais lui expliquer que j'ai vraiment envie de lui arracher les yeux et les couilles. Et je sais de quoi je parle, je suis chirurgienne, je l'ai déjà fait. Je lui profère quelques menaces, à cet idiot, mais voilà qu'il m'invite à un dîner chez lui, pour le lendemain, qu'il me promet que ce sera délicieux, puisqu'il est un grand cuisinier et que, si je veux, je lui apporte des morceaux de corps humains qu'il apprêtera pour moi. *Un régal, ma Flore, rien de trop bon pour toi.* Il me dit qu'il faut se revoir, qu'il a besoin de moi. Juste un peu. Juste une fois. Et que je lui dois bien cela. Il me donne son adresse. Ce n'est pas difficile, c'est à côté du resto. Et lui se nomme Vincent, Vincent Rieux. Que son nom est un rire, que son nom est heureux. Je lui dis que je ne vais pas noter, que je ne viendrai pas. Il m'attend demain à sept heures et toute la soirée, il m'attendra encore le lendemain et pour l'éternité. Revoici son adresse. Ai-je de quoi noter ? Je suis du genre à la retenir, je suis du genre à connaître les effets secondaires par cœur, à retenir les numéros de téléphone lancés à la criée et les noms des gens dans les rubriques nécrologiques. Je suis du genre à tout me rappeler, à comptabiliser, à me venger dare-dare. Mais avec lui, j'oublierai. La mémoire, on la mangera en cervelle de canut ou en fromage de tête. Il vient de Carcassonne, me parle de mes seins en pomme et en a l'eau à la bouche. Et que je ne m'inquiète pas, il n'a même pas d'ex ou ça fait si longtemps que plus personne n'en parle. Je raccroche en riant. Il sait que je suis là.

Je passe la journée dans la ripaille. Parmi des corps malades, des corps que j'incise et que j'éventre, je vois chère, bombance, et au milieu des entrailles d'un accidenté, d'un dépecé de la route, j'entrevois le festin que la vie me prépare… salope. Je vais aussi voir mon ami psy pour redoser mon arc-en-ciel pharmaceutique, pour m'équilibrer le cerveau.

Décidément, je ne me crois pas prête à manger de ce pain-là, le pain du bonheur. Le meilleur médecin est la marmite, c'est vrai, mais qui a dit que je voulais guérir de la vie ? Qui a dit qu'il me faut la désintox ? Je voudrais bien encore un peu m'injecter du désespoir, du malheur tranquille. Mais aujourd'hui la tambouille me tambourine les sens. Je me damnerais pour un boudin aux pommes, des œufs chanoinesse ou une charlotte même pas trop russe. J'hallucine fumets, fantasme, arôme et jus. Je ne cesse d'y penser et la nuit j'imagine les cuisines pleines de chaudrons sur lesquels résonnent les bruits de ma putain d'existence… Attention. Tintamarre de fourneaux, symphonies de couteaux, de cuillères, chanson des instruments de cuivre, des casseroles mégalomanes du futur. Les médicaments, c'est sûr, ont des effets. Pendant trente-six heures, je suis dans un conte de fées. Celui du jeune cuisinier qui se serait tué un soir où il aurait raté le plat de la reine. Celui du cuistot de génie qui régale le pays. Je ne pense pas vraiment à lui, à l'amant roux, l'amant dont je ne ferai pas tout un plat. Je ne cherche pas à savoir qui il est, ni la logique des gestes qu'il posera. Mais je vois les toasts que je pourrais porter à la vie, les verres que je pourrais vider en trinquant à l'avenir, les plats que j'engloutirais, avide de croquer le monde.

Et je ne peux que le revoir.

Les plats qu'il ne ferait pas, les sauces qu'il n'inventerait pas pour moi me sont déjà souffrances. Devant mes yeux ébahis, la nuit, s'amoncellent sur une grande table de fête tous les mets qu'il ne cuisinerait pas, toute la volupté qui, par mon entêtement, me serait ravie. Je ne peux faire le deuil de ce que je ne connais pas, de ce qui n'a pas été. De la chair du monde qui vient. Je ne peux oublier cette nourriture magnifique, voluptueuse, à laquelle je ne toucherais pas, qui ne viendrait jamais jouer perversement avec mon palais. Je pense à tous ces plats fantômes que j'emporterais dans mon refus. J'aime ceux dont l'œuvre est immédiate, éphémère. J'aime les plaisirs évanescents, les plaisirs dont il ne reste rien, sauf des souvenirs, sauf le goût du divin qui ne peut durer. J'adore les comédiens du théâtre, les danseurs sur scène, les chanteurs, les fleuristes. J'aime les artistes de l'ici et du maintenant et la fulgurance dans l'acte, la foudre immédiate du génie… Comme chirurgien, je connais les plats ratés et réussis, les mayonnaises qui prennent ou qui nous claquent entre les doigts, qui s'affalent agonisantes dans le fond des bols et que je rattrape au tout dernier moment, les soufflés qui retombent ou qui se gonflent d'espoir. Je connais le bonheur du roux blond qui se lie, parce que je sais le vanner. Je connais la vie, vraie viande rouge qui dégorge et que je saute à la poêle. J'accommode, je confectionne des mets qui toujours se mangent chaud. C'est tout de suite que je dois brider les corps. C'est tout de suite que je te refais la farce des vivants, que je nappe la mort d'une bonne sauce crapaudine.

Les psychiatres ne sont pas du tout comme moi. Madeleine Lévesque en est l'exemple. C'est vraiment un boulot pourrave. Les psychiatres n'ont pas le plaisir rapide, pas la jouissance véloce. Ils ont des patients qui ne dégustent que très lentement les mets qu'ils leur préparent. Les cervelles loufoques, les cœurs brisés du monde ne se délectent pas de cette façon, ils ne s'endorment pas en digérant le bonheur, en le rotant d'aisance. Moi, je jubile quand je sais que la vie reprend, que le cœur y est et que dans un mois, je rirai, fofolle, avec mon éventré de la journée et que je lui caresserai la couture. Je savoure mon art, qui lutte contre la mort. Envers et contre moi.

Cette nuit, je rêve donc de cuisiniers propriétaires de fast-food sur la rue Saint-Laurent, qui font sauter les steaks dans la poêle pour nourrir les enfants du quartier et qui préparent de gros smoked meats, serial killer, pour m'en boucher un coin. Je rêve d'hommes aux omelettes baveuses qui me promettent de vivre toujours, d'en finir avec ce qui est déjà mort, bien enterré. Je rêve de quelqu'un dont le bonheur entier réside complètement dans le plaisir de nourrir les autres, dans le plaisir de les voir jouir du présent de la vie. Je rêve d'un cuisinier heureux. D'un maître d'hôtel roux aux pieds truffés qui me fera des queues de cochon bonne femme. Je rêve.

Et je le vois. Voilà, je suis déjà chez lui, dans cet appartement collé sur son resto. Dans son appart baroque qui fait de l'œil aux cuisines. Et, bien sûr, à moi. Il est là. Il s'appelle Vincent et j'ai envie de rire. Il est vraiment costaud et passablement roux, comme un sucre caramélisé, un beurre un peu revenu. Un truc appétissant, encore mieux allongé. Un truc sur canapé. Les meubles sont kermès, écarlate, rubis. Quelque chose de somptueux. Pas à dire, il sait vivre et moi, je ne sais pas. Les Français dans son genre, avides de foi et de moi, c'est comme ma Maman et j'ai bien les chocottes. Je ne vais quand même pas tomber amoureuse de ma mère, encore une fois. Dans sa bouche, il fait bon promener longuement la langue et puis se balader entre deux bouchées de rognons et d'abats langoureux. Dans ce type, j'aperçois le geste maternel. La mangeaille, la maison, la parole facile, ses yeux de vache normande abattue à Lyon, dans un grand restaurant, et l'accent terrible à couper au couteau avant d'en reprendre une tranche. J'aime sa langue. J'aime quand il me parle et qu'il me dit tout bête des mots que je n'écoute pas. Cet homme est une brute, une taure, une génisse, et moi je suis son veau qu'il lèche passionnément, la bouche déjà pleine de victuailles extravagantes. C'est un dur aux yeux de vache, au regard doux et triste et légèrement humide. Et cette fois-ci, contrairement au proverbe, je clame haut et fort que seuls les grands bœufs font les grands labours. Et qu'il laboure bien, qu'il me bourre bien, ce taureau de Carcassonne, sorti juste pour moi de sa ganaderia. En lui, la Normandie, l'estocade du septentrion. En lui, l'ours polaire, le viking malotru, la grosse armoire normande, le calendos coulant, l'homme aux gros sabots, aux onglons pas limés. En lui, l'Aude australe, la voix qui grésille, déraille, l'autan méridional, l'hidalgo effronté et la vache espagnole. Il est toute la France, il est toute ma mère. Le Nord et puis le Sud, mon grand-père, ma grand-mère. L'andouille grasse de Vire, le calvados bien fort, mon trou normand avalé entre deux plats et qui m'activera l'estomac et le corps. Il est mon cabécou de Rocamadour, mon jambon de Bayonne, mon chèvre, mon chabichou à saveur très fruitée. Voilà que je suis persuadée que c'est elle, Maman, qui me l'a envoyé. Je le bouffe des yeux, le dévore, le suce entre le poulet basquaise, les tripes à la mode de Caen et l'omelette mère Poularde. Il me nourrit, me gave. Je m'abreuve à ses pis. C'est une vraie maman. Une mère poule, une mère cocotte aux œufs d'or qui retrouve ses poussins. Et je suis sa petite caille, son agnelle antenaise, sa docile vacive. Je monte sur mes ergots. Je redresse la crête. Et de moi, il fait une bouchée, petite poule au pot. Comment résister à cet animal-là ? À mes amours bestiales ? À mes désirs inassouvis de vêlage violent ? J'ai envie de mettre au monde des mondes et l'univers. Enfanter des chimères, des bêtes imaginaires. Saucissonner mes rêves, pour mieux les déguster.

C'est sûr qu'il me plaît, et puis je me le refais. Avec une touillette et je me fais saucer. C'est un garçon étrange, un garçon bien fou braque. Me voilà juchée à califourchon sur un tabouret rouge, au milieu des cuisines, en train de contempler les spatules qui volent, les fouets qui virevoltent, les coutelas, les canifs, les Laguiole, les Opinel, les couteaux à poisson, à légumes, à fromage, à dessert, à beurre et à pain, les cuillers profondes, les louches, les pochons, les couverts prodigieux, les fourchettes à huîtres, les mazagrans épais, les gobelets en étain, les flûtes élancées, les tasses grassouillettes et les chopes courtaudes. Voilà qu'il fracasse tous les verres ballon repus qu'il lance en série pour conjurer le sort et les sept ans de malheur. Qui casse les verres ici ne les paiera jamais. Ça se brise de partout, il n'y a plus que des éclats. Et nos rires, et du verre et de la porcelaine. *Pour toi, j'ébrèche, j'écorne la vie triste, la vie moche.* Ça tinte, ça résonne, un carillon d'assiettes qui viennent de dégringoler de l'étagère poussée, un bruit assourdissant que couvrent nos baisers. *C'est tout ce que je possède, tu vois, je te le donne. Mange encore un peu, qu'est-ce que je te prépare ?* Et moi, je te prends tout cru, je t'avale, je t'aspire. Tout est bien chaud ici, mais jamais réchauffé. L'amour mijote, mitonne en gémissant, heureux. J'attrape tous les mets que tu me mets en bouche. Et toi, tu es le meilleur. Un nectar infernal, une nourriture exquise. J'ai peur de te mordre, de te consommer vite ou encore trop souvent. De ne plus rien te laisser, de m'écœurer demain. Mais tu es du chocolat. Et je ne bouffe que cela. Quand j'attendais ma Rose, je ne voyais plus la vie qu'au lait ou encore en noir avec des petites pépites d'écorce d'orange amère. J'ai toujours le goût de ces nourritures terrestres. Je reprends un morceau, juste pour la bonne bouche.

Tu ne sais pas encore le bien que tu me fais. Tu ne sais pas encore le vomi de l'enfance, mes haut-le-cœur le matin, le dégueulis de vivre. Je ne pouvais rien manger et pendant des années, cela ne passait pas, cette existence morveuse. Ma mère était comme toi. Elle me donnait la becquée, me mâchait les bouchées, me donnait le désir d'être au creux même de la langue. Ma Maman voulait tant me régaler avec le monde au petit-déjeuner. Que je déguste le temps, long en bouche, dans une plénitude onctueuse. Ma mère était comme toi, un beau bœuf normand, une fille des champs dans lesquels poussent des fleurs simples comme des pissenlits dont on ferait des salades fines et délicieusement âcres. Ma mère était comme toi. D'un petit bout de viande, d'un cornichon perdu au milieu du frigo, de rien, de trois fois rien, elle faisait festin. Vous êtes des mabouls. Des fées du quotidien. Avec vous, mes jours peuvent devenir banquet. Maman, j'étais toujours au creux de tes bras, dans le mouvement de tes hanches, dans tes jupes, dans tes basques et dans tes tabliers. Je me faisais légère pour que tu me traînes partout. Je serai dans ta toque ta toquée de chirurgienne qui ne sait pas se faire cuire un œuf, mais qui touche les foies, la rate et les abats humains et inhumains. Je serai dans ton chef, dans ton calicot blanc, magnifique et hautain. Je m'y blottirai en rotant le bonheur de tes plats. Donne-moi encore un bout de toi que je te prenne entier. Ma mère était comme toi, et franchement tu lui ressembles à vouloir protéger la folle à l'araignée, au grain, au petit vélo qui travaille du chapeau. Le tien que tu portes fier là-haut, sur ta tête rousse, sur ta tête chevaline aux mâchoires qui me broient et que je ne peux cesser de caresser du regard en ouvrant grand les yeux. Je voulais oublier la pléthore maternelle, mais tu es ma Maman, ma merveilleuse mère, une cascade de jus de fruits et de fleurs, une pyramide de choux à la crème, une pièce bien montée. Je voulais effacer les débordements vifs de notre Violette, mais tu es abondance, ripaille, feux d'artifice dans ma gorge. Et je garde en moi le goût de tes orteils plongés dans la sauce ravigote, tes mains de bœuf que je mange épicées, ta bouche d'oiselle dans laquelle j'expérimente mille nouvelles saveurs, ton sexe fontaine intarissable de champagne où je vais me soûler. Je t'appelle Julien, Julien l'hospitalier, toi Vincent, le peintre de la vie, l'illuminé terrestre, le fou sublime à l'oreille fendue, au lobe déchiré. Un petit bijou, lové entre tes cheveux roux, flammèches néerlandaises d'un incendie mal éteint. Tu es ma catastrophe, mon désastre familier, ma crise de foie assurée, mes calculs à la vésicule biliaire, tu es maux d'estomac, et de toi je crèverai peut-être, si je ne sais prendre garde.

Je suis folle de Vincent. Un instant m'a saisie et puis je suis bien cuite, complètement cramée. Et pourtant, c'est en moi, tout le sang qui s'anime, je redeviens toute bleue, saignante, à point. Et l'on me bouffe rouge, sans tambour ni trompette. Vincent est cassoulet, mais jamais soupe au lait. De Castelnaudary à Ouistreham-sur-Mer, il me sert sur un plateau d'argent la France de ma mère, celle dont elle m'a nourrie. Je n'ai jamais assez de mes racines crues, de mes rutabagas spirituels. Je suis folle de Vincent. Son prénom est promesse. C'est un bouquet d'hélianthes, un tournesol magique et un peu orangé. Je me rappelle bien : lorsque j'étais enfant, nous avions pour voisins, ma maman et mes frères, des Allemands protestants qui cultivaient un jardin de légumes, un potager bien triste à la courge délavée. Et cela poussait dru de l'autre côté du mur. Et ils étaient bien ronds, tous ces potimarrons, ces potirons obèses, ces giraumonts courtauds. Ma mère disait souvent que ce potager était un patapouf et nous riions de bon cœur sans trop savoir de quoi. Ma mère n'aimait guère les Allemands, et pour cause… Les voisins lui rendaient bien sa haine. Ma mère avait ce magnifique jardin, ce paradis fou où poussaient des féeries florales. Les voisins contemplant nos fantaisies de couleurs, du haut de leur balcon grillagé, avaient décidé de faire dans la décoration, d'habiller ce potager et avaient fait fleurir de magnifiques et très longs tournesols qui dressaient une clôture naturelle entre nous et eux. Ma mère appelait cette région son Alsace-Lorraine et elle riait. Et nous, ses enfants, nous voulions lui offrir un bout de son Alsace et toute sa Lorraine, si bien que nous allions arracher le tournesol, le soir ou la nuit, et que nous en faisions des gerbes pour Maman qui était bien surprise de nos cadeaux de voleurs et qui nous demandait de faire attention afin que les Allemands ne l'apprennent pas. Nous chapardions les hélianthes mais jamais exagérément. Quelques-uns à la fois, de quoi plaire à Maman ! Vincent est cette fleur coupée et fort géante. Cette fleur offerte à Maman par ses enfants triomphants. C'est un trophée de guerre, le produit d'un larcin, une maraude exquise. Et je n'y ai pas droit, mais ma mère me protège et me dit simplement de ne pas me faire prendre, de ne pas trop en prendre. *Juste, tu savoures. Pas tout le jardin quand même. Tu n'es pas encore au paradis.*

Cette première nuit, en fait, la deuxième, je la passe dans l'amour exalté et rieur. Cette première nuit, c'est un banquet de corps et de désirs de bouche, de succulences inouïes. Mes pilules se marient si bien avec la chair ! Mes pilules en cachette me rappellent que demain, certainement, il faudra… J'arrose ça d'amour. Je ne peux plus reculer. Je ne peux plus qu'aimer. Je suis folle de Vincent. C'est une danse de Saint-Guy. Un fox-trot, un cake-walk. Me voilà choréique, hystérique, pathologique. En moins de deux, je me foutrais en l'air et surtout je balancerais le travail acharné de ces mois entièrement passés à construire des digues contre des dingues comme moi. Faut pas que je déconne ! Je suis folle de Vincent. Et c'est bien le problème. Je veux juste devenir normale. Pas amoureuse, que diable ! Pour ça, je ne peux pas me permettre la vie, les jours, les nuits sans filet et à chaud. Avec moi, tout se gâche. Je pourrirais l'amour. Et ça, je ne veux plus. Et ça, je ne peux plus. La douleur dans le corps et le cerveau qui saigne. Le corps plein de bleus et les halètements de celle qui ne sait comment arrêter les torrents fluviaux des larmes.

Le matin au réveil, ouf ! je vais mieux. Il est là, à côté de moi, et me regarde dormir. Je lui explique le tout, en avalant de la couleur, du rose et du vert, avec mon jus de pamplemousse amoureusement pressé. Encore une verte, et une autre rose. Ça y est, j'ai ma journée. Mes patients bien en tête et le boulot devant moi. Je veux oublier Maman, l'amour et puis lui. Je fais tout virer au pire. Je suis une vraie plaie. Avec moi, tout finit, tout s'embrouille et se mêle. Je finirai à l'hosto, et comme j'y suis déjà, ce sera au bout d'une corde. Et je veux être seule. Il y a le malheur bâclé. C'est un deal avec moi. Ça finira en Bérézina. Ça sera déconfiture, banqueroute et raz-de-marée.

Il me promet la lune. Un voyage à Pampelune. Une cure de désintox. Un Carcassonne familial. *On aura des enfants. On emmagasinera des souvenirs. On fera feu de tout bois, et surtout du bonheur. Qu'est-ce que tu en dis, ma Flore ? Écoute que je te raconte. Je vais te baratiner. Tu en as bien besoin. Je vais te tartiner cela et te marabouter. Laisse les choses se faire. Donne à la vie sa chance. Fais tourner la grande roue de tes rêves d'enfance. Prie ta sainte Bernadette idiote et renie au moins trois fois le dieu bouffon et moderne de tes médicaments. Ta mère est morte, O.K. Mais ce n'est pas encore ton tour. Flore, ma tragique, tu ne veux pas rigoler ? Je vais te chercher croissants et pains au chocolat, et si tu meurs un jour, ce sera de plaisir. Ce sera d'avoir trop joui de tout et même de rien. De moi, du grand resto et du lit qui t'abrite. Flore, ma Flore, présente-moi ta fille et ton frère et allons voir ta mère au cimetière demain. Je lui demanderai ta main, je lui demanderai ton âme, ton corps, tes déchets et tes larmes. Je te veux, Flore tout humide, ma fleur que j'arrose. Je nourrirai ta terre, je te fertiliserai et tu repousseras. Laisse-toi donc aimer par-devant, par-derrière et puis sur les côtés, dans tous tes orifices. Laisse-moi pénétrer ton cœur trop grand pour toi où je veux me loger et vivre de longues années. Flore, je suis fleur bleue, c'est vrai, mais je ne te ferai pas de fleurs ni de cadeaux. Je te dirai des choses vraies, des choses qu'on ne sait pas. À la Saint-Vincent, tout dégèle et tout se fend, tu vois. Voilà que je te fais rire. Mais laisse la vie s'ébattre et ne pas se faner. Tu n'es pas la flétrissure, pas le défraîchissement. Tu es la fleur qui éclôt. Ma petite pâquerette. Tu n'es pas un Vendredi saint. Tu es le printemps fleuri ou un vrai dimanche de Pâques. Les œufs et puis les cloches. Et puis les chocolats. Flore… Les cloches chocolatées que je te ferai faire par un autre Vincent, mon maître confiseur. Allez, Flore, pamplemousse, tout orange comme moi autour de la bouche, finis ton jus de fruits. Tu appelles au travail. Tu dis que tu es malade. On va se balader. Au bord du Saint-Laurent, ce fleuve que j'aime tant. Il fait froid et il neige. Mais je démarre la voiture. Il y fera bon rire et t'embrasser dans le cou. Flore, on y va. Pour encore au moins un tour. Ou deux ou même trois.*

7

On vieillit, c'est dingue. Cela s'insinue lentement, un petit défaut du corps, une petite tache sur la main, un rire un peu plus gras, et puis cela prolifère. On devient mauvaise herbe, pissenlit foisonnant et chiendent à balai. La peau se fait plus molle. Les tubercules, les excroissances fleurissent. Bouquet-cadeau du temps. Tout dégringole, on s'affaisse lentement. Il fallait bien que j'y arrive. Juste après la mort de Maman. Il fallait que je la suive en quelque sorte, que je me décompose en même temps qu'elle, que je parte en morceaux, que je m'en aille en eau de boudin. Je suis un peu en retard sur elle, c'est vrai, mais ma paupière se patte-d'oie, mon œil canarde, je me fais buse, vieille rapace aux doigts crochus. Je suis amoureuse et cela tombe bien mal. Je suis trop vieille. Rien de vierge en moi. J'ai quarante-cinq ans, vous m'en direz tant. Tant et tant d'années qui ne reviennent pas. Tant et tant de jours qui s'amoncellent sous mon crâne et que je rêve d'oublier. C'est cela le plus dur : oublier. Surtout quand le passé cogne à ta porte, quand ton frère se la ramène du bout du monde, après trente ans, et que ta mère passe l'arme à gauche sans crier gare, à la diable. « J'ai plus de souvenirs que si j'avais mille ans ». Le temps s'est déposé dans mon corps, le temps s'est lové dans ma vie. Mine de rien, le salaud, il s'est creusé un nid et franchement, le voilà qui espère faire encore des petits. Il ne faut surtout pas le déranger… On est si bien chez moi ! Je te le foutrais dehors, celui-là, si je pouvais. Ouste ! Un grand coup de balai ! Et l'Fêlé avec ! Hors d'ici tout à l'heure et qu'on ne rouspète pas ! Je déblaierais mon crâne et je ferais dans la grande liquidation ! Mettre un point final à tout. Mais pendant ce temps-là, les salauds gagnent. Le temps s'acharne. Il est heureux. Ta mère est morte ? Bien, c'est comme cela. L'ordre du monde. L'ordre du temps. Je ne peux pas me battre, je suis Maman. Nous nous faisandons presque à la même vitesse. C'est ainsi que je me console, en pensant simultanéité, synchronicité et tout le saint-frusquin. Et puis, il y a ma Rose qui fait signe, qui fait poindre le sens. Il y a ma Rose qui dit : « Il est des parfums frais comme des chairs d'enfant ». Rose est. Elle sera. Et le temps m'est plus doux. Le temps m'est moins colère. Rose s'y agite. Elle le parasite, lui suce toute sa sève. J'espère qu'il crèvera. Et puis il y a Vincent, le rieur qui me fait des liftings. J'ai la peau qui se retend. Mes fesses se tiennent toutes droites, elle bandent de joie.

Au boulot, ce sont des salopards. Des porcs que j'égorgerais bien, que je dépècerais vite. Je suis chirurgienne. Je sais faire saigner. Ils veulent ma peau, bien sûr. Et même ma peau usée, ma peau tannée et bien vannée. Ce n'est pas glorieux de s'en prendre aux endeuillées, aux filles mortes de douleur, aux Antigones éplorées, aux orphelines de l'Histoire… Ce n'est pas joli de magouiller contre l'intelligence, d'assassiner le génie. Ils voudraient me voir éventrée, livide, au bout de mon sang, demandant grâce. Ils ne me recoudraient pas, n'arrêteraient pas l'hémorragie. Trop de plaisir à voir souffrir. Et puis, ce sont des incompétents. Je ne sais même pas s'ils savent quoi faire. Ils se couvrent entre eux, s'écrivent des lettres de complaisance, témoignent en levant la main gauche. Patati, patata. Le prêchi-prêcha de la confrérie. Quand je pense à cette pouffiasse de directrice de l'hosto, à cette sans-talent du bistouri, à cette connasse qui a trouvé son diplôme dans une boîte de Cracker Jack, qui est devenue psychiatre parce qu'elle plaisait bien à l'anesthésiste, un gros Anglais, j'ai envie de les passer tous sous mon scalpel. C'est le gros Anglais qui, en catimini, a dirigé la boîte pendant trente ans. Il voulait tellement que les femmes trouvent leur place afin de dégommer les hommes plus intelligents que lui. Mais il y a le temps, qui leur fera leur affaire, à ces pourris de l'intérieur, à ces lamentables pantins, ces dévergondés qui se gondolent du visage. Ils sont ignobles à se faire accroire qu'ils n'ont pas vieilli, pas pris une ride sur le visage ou sur les fesses. Au boulot, ce sont de vraies truies couinantes, la dirlo alcoolo et le vieil anesthésiste qui promet de prendre sa retraite avant de sucrer les fraises. Il peut tout contrôler, cette vieille baderne, cette baudruche empaillée, soufflée, prête à éclater, ce bonhomme infect à qui il a poussé des seins. Et pas des beaux, et pas des frais... Il va sûrement crever dans une salle d'opération, celui-là. Il va clamser au turbin. Et je ne le réanimerai pas. Je le laisserai hurler. Je le laisserai agoniser la gueule ouverte. Ce qu'il a pu en rater des anesthésies, cet incapable du protoxyde d'azote ! Ce qu'il a pu rendre mon travail impossible ! Et la dirlo, la Madeleine, l'a toujours protégé. Il faut bien se serrer les coudes entre médiocres et faire dans la solidarité. Madeleine est présidente de l'Ordre des médecins même si, dans le cadre de ses fonctions, elle fout à la porte tous ceux qui refusent de lui manger dans la main. Une vraie salope. Mais bon, elle vieillit, la Lévesque. Elle tourne mal, elle tourne comme une mauvaise mayonnaise. Elle devient carrément cacochyme, même un peu batracienne, avec des grosses bajoues, des cernes œdémateux et des yeux globuleux. Elle me sourit encore quand elle me croise dans les couloirs, elle me sourit comme si de rien n'était. Comme si elle n'était pas en train de monter un sale dossier contre moi, comme si elle n'attendait pas, tirant la langue et la tirant fort, que je commette une toute petite erreur médicale, juste de quoi m'envoyer me reposer, juste de quoi m'exterminer. Je la connais, ma Madeleine. Nous avons fait nos études ensemble, il y a vingt-cinq ans. Elle avait déjà deux diplômes derrière elle et je ne sais plus combien d'amants, médecins dans la cinquantaine bedonnante, qui voulaient lui apprendre le métier. Pas foutue d'entrer en médecine du premier coup. Cela la rendait malade de me voir si douée, de me regarder réussir mes examens, mes dissections et mes coutures les doigts dans le nez. Je sais m'y prendre avec les organes et le corps. J'ai toujours eu du talent, un talent de médecin. Ce n'est pas grand-chose. Mais Madeleine n'avait même pas cela. Elle a donc fini ses études tant bien que mal, en me jalousant mortellement, tout en se disant ma grande, grande amie. Et puis voilà, elle est allée en psychiatrie. Il n'y a que là qu'une paresseuse comme elle pouvait aller, et rapidement, vraiment rapidement, elle est montée en grade. Le gros anesthésiste, ce coq à jabot, veillait déjà sur sa basse-cour. Madeleine passait son temps dans les cocktails, les 5 à 7 et les pots à la santé d'un sous-fifre quelconque, elle errait dans les conseils d'administration en se prononçant sur tout avec son air de femme au courant. Le gros anesthésiste anglais l'a prise sous sa grande aile dodue et Madeleine est devenue quelqu'un. Une emmerdeuse, une faiseuse de peu, une entrepreneure du vide, une malpropre de la pire espèce qui a beaucoup œuvré pour la cause des médecins polonais, parce qu'elle voulait s'envoyer en l'air avec toute l'Europe de l'Est. C'est beaucoup plus facile de leur faire fermer la gueule, à ces gens-là... Pendant des années, je me suis servie d'elle. J'ai bien utilisé cette alcoolo toujours éméchée, ébouriffée qui, toute la journée, a l'air de sortir du lit, avec sa mine ahurie qu'elle traîne ici et là. Je ne l'attaquais pas de front, Madeleine. Je lui suggérais ses idées grandioses et je ne disais jamais un mot de travers contre son copain, le gros anesthésiste anglais, qui dirigeait et dirige toujours l'hôpital par procuration. Tous les médecins compétents ont fini par se barrer. Dans mon hôpital, il ne reste que des ploucs, des jeunes ou des gens faussement innocents qui veulent se faire croire que Madeleine est une grande dame, une grande psychiatre, une grande âme engagée. Je n'ai pas voulu partir. J'ai décidé que la vie serait une bataille. Et j'avais tort. Maintenant Madeleine veut ma peau. Maman est morte. Elle trouve que je n'ai pas encore mon compte. Il faut me torturer. Le gros Anglais émasculé réclame ma tête. Il faut dire que je demande à ne plus opérer avec lui. Je crains la catastrophe. Il ne sait même plus doser le valium, et avec l'enflurane, il fait gaffe sur gaffe. Je sais mieux m'y prendre que lui. Les résidents ne sont pas dupes. Mais le gros Anglais bien gras est persuadé que c'est moi qui mène le bal contre lui. J'ai d'autres choses à faire, mon grand, que de monter les jeunots contre les Anglais ! Cela fait longtemps que je veux vous bouter hors de chez moi. J'ai tout de Jeanne d'Arc, mais tu sais bien que les gens comme toi sont toujours les plus forts. Depuis la mort de Maman, je ne pense plus à vous… Contre la violence insouciante du monde, je ne fais plus rien, je baisse les bras, hausse les épaules et pense à mes médicaments et aux moyens de me débarrasser de mon frère, l'Fêlé, de lui trouver un home, un sweet home, bien loin d'ici. Je me demande aussi comment dévorer mon amoureux en plat du jour. Je n'en ai plus rien à péter de toi, mon gros Anglais qui pue l'halothane et le méthoxyflurane, plus rien à foutre de Madeleine Lévesque et de tout son évêché. Mais parce que je ne vous ai plus à l'œil, toi, le gros décati et la petite ahurie, vous avez décidé de me liquider. Bien, allez-y, cherchez la petite bête. Mes doses de bonheur médicamenteux ne me feront pas foutre dehors. Toi et Madeleine, vous vous bourrez de tranquillisants et vous orgasmez sous Prozac depuis tellement d'années que vous ne comptez plus. Il va falloir que vous trouviez quelque chose pour me faire renvoyer et là, je ne vais pas vous aider. J'y suis, j'y reste, je n'ai pas envie de me trouver une autre crèche. Si j'avais voulu, je serais partie aux États-Unis il y a vingt ans, mais je suis fidèle à moi-même et je ne vends pas mon âme au diable. Donc, nous vieillirons ensemble tous les trois, à moins que le gros Anglais sexagénaire ne claque d'un infarctus dans la salle d'opération quand j'entre en lui faisant : Beuh !, à moins que Madeleine n'ingurgite une dose trop grande de barbituriques. Voilà déjà longtemps qu'elle déconne dans ses prescriptions. Mais vous voyez, les copains, je pense que nous finirons entre amis, dans un hôpital pourri que je ne quitte pas, parce que je sais bien qu'ailleurs c'est aussi moche, dans un hôpital-radeau-de-la-Méduse que vous ne pouvez pas quitter parce que personne ne veut de vous. Nous mourrons peut-être ensemble un jour où un patient exaspéré entrera dans la boîte et fusillera tout le monde. Et il n'aura pas tort. Parce que c'est cela le comble de l'ironie, ou alors, tout simplement, la vie dans sa chiennerie, Madeleine, moi et le gros Anglais, nous sommes liés jusqu'à la fin, même si la haine est féroce, et le mépris bien grand. Vieillir, mes jolis, c'est avec n'importe qui. Ben oui, nous mourrons côte à côte comme de braves petits soldats en guerre contre la mort. Ben oui, nous crèverons synchrones, parce qu'aucun de nous n'aura eu le courage de se faire sauter le caisson, de tout foutre en l'air. C'est ça vieillir, mes vieux amis, c'est ne pas choisir sa mort, mais en connaître l'heure et davantage l'endroit. C'est savoir avec qui et puis aussi comment. Tu te souviens, Madeleine, de Milena Ayzerstein. Nous étions amies, toutes les trois, les premières années. Une fille magnifique dont j'étais amoureuse. Et toi aussi, Madeleine, tu l'aimais en secret, mais tu croyais simplement que tu la jalousais. Tu as toujours vécu ainsi ton homosexualité, dans l'envie folle des autres et de ce qu'elles ont. En leur piquant leur copain. Mais là, il n'y avait rien à voler. Milena, nous l'aimions. Et j'aimais par-dessus tout la blancheur de ses seins, auxquels je m'abreuvais pendant les années de résidence. Elle était une vraie. Encore plus douée que moi. Une chirurgienne hallucinante. Une médecin de génie. Elle avait tout pour elle. C'est comme cela qu'on dit. Eh bien on a raison. Et puis, un jour, patatras folie et grand fracas. Tu te rappelles ce jour affreux où nous étions dans le même service, où elle nous a confié qu'elle devait retourner chez elle, revoir ses parents, ses frères, se marier et avoir des enfants. Elle devait cela à sa famille, à son pays, à sa fratrie et à la vie. Je lui en ai voulu de ne pas m'en avoir parlé en secret, d'avoir appris cela en même temps que toi. Mais que veux-tu, Madeleine, je me disais que pour elle c'était plus facile ainsi, plus facile de faire dans le discours officiel, dans le discours tenu devant une idiote comme toi, une bécasse dans ton genre. J'ai souvent utilisé cette tactique après, pour dire des choses vraies, qui coûtent, et que je n'arrivais pas à dire. J'ai souvent imité Milena, je l'ai copiée en tout. Je me la gardais ainsi. Dans les gestes refaits, ses sourires dessinés, son accent que je prenais la nuit en pleurant. J'ai souvent lancé des mots tristes, durs, à la volée pour informer ceux que j'aime de ce que je ne peux pas leur dire. Elle n'était pas bête, Milena, de m'annoncer qu'elle allait me quitter en nous confiant, à toi et à moi, ses intentions. Ton air ahuri, hébété de grosse vache ruminant ta vengeance impossible et ta bêtise innée ont permis en quelque sorte d'amortir le choc. C'est fou ce que tu m'as aidée à ce moment-là, Madeleine. Milena est partie peu après. Je n'ignorais pas qu'elle partirait un jour. Milena ne m'avait rien caché. Mais je crois aussi que je la voyais avec nous, ici, pour toujours. Je ne l'imaginais pas ailleurs. On a su qu'elle s'était mariée, qu'elle dirigeait un grand hôpital, là-bas, qu'elle avait une fille. J'ai des photos de Marina. Je suis sa marraine. Oui, c'est ainsi. Sa marraine. On a su aussi que sa maison était à côté de la voie ferrée, que le train passait là dix fois par jour. Cela, Madeleine, on l'a su. On a su aussi que le dimanche 23 mai 1989, Milena est allée acheter des cigarettes au kiosque à cinq cents mètres de chez elle, un peu plus loin, de l'autre côté de la voie ferrée. Elle a acheté des Pall Mall, ce que nous fumions elle et moi, durant nos gardes ou encore dans son lit, la nuit, quand nous étions jeunes et folles. Oui, folles, nous l'étions. Le 23 mai 1989, au matin, Milena avait l'air pressé. Elle a dit à son mari qu'elle avait besoin de cigarettes. Elle a enfilé un manteau par-dessus sa chemise de nuit. Elle est allée à la porte de l'appartement. Précipitamment. Elle s'est arrêtée sec, a pensé un instant, pas longtemps, tu sais comme les choses vont vite, on ne pense à rien, on fait. Elle s'est dirigée toujours très vite vers la chambre bleue, la chambre de sa fille, ma filleule. Marina dormait. Milena l'a regardée et l'a embrassée sur le front. Elle a couru à la porte. Elle était pressée, comme si elle courait après quelque chose, après un train qui nous file sous le nez. Milena a couru vers le kiosque à cigarettes. Sa cousine, ce matin du 23 mai 1989, était là. C'était sa cousine qui vendait tous les jours à Milena ses cigarettes, au kiosque de cette petite ville d'Europe de l'Est où Milena était retournée pour changer les choses, pour transformer la vie, pour métamorphoser le monde. D'un coup de baguette occidentale, d'un coup de bistouri nord-américain. Sa cousine lui a vendu ses Pall Mall. Je ne connais pas le détail de la transaction. A-t-elle payé, Milena, ce jour-là ? A-t-elle dit à sa cousine qu'elle paierait plus tard, un autre jour ? A-t-elle demandé que l'on mette tout cela sur son compte à elle, Milena, la docteure revenue de si loin ? Du Canada. Pour refaire la vie. Pourquoi pas ? On a su que Milena ne s'est pas arrêtée cette journée-là pour bavarder avec Livia, sa cousine, sa sœur de l'enfance. *Je n'ai pas le temps, ce matin, je suis pressée,* a répondu Milena à Livia qui lui demandait de s'arrêter deux minutes, de bavarder un peu et de donner des nouvelles de Marina, de cette enfant merveilleusement blonde, ma filleule. Milena s'est sauvée rapidement. Elle regardait sa montre. Et puis, on ne sait plus. On sait qu'elle a fumé près de la voie. On le suppose. On a retrouvé un mégot de cigarette. Une Pall Mall. Du paquet, il ne reste rien. On sait que le train est passé et qu'il ne l'a pas ratée, Milena. Elle est morte sur le coup. C'est rapide, cette mort-là. Pas grand-chose à faire. J'ai eu souvent à m'occuper à l'hôpital des trépassés du train. Rien de joli là-dedans. Milena aussi devait bien connaître ces morts-là. Elle était chirurgienne comme moi. Mais bien plus douée que moi. À l'endroit où Milena a finalement attrapé le train, à l'heure, juste à l'heure, il y a, depuis des années, des croix. Beaucoup de croix. Cinq ou six, m'a-t-on dit. Milena n'a pas pu les rater. Elle passait devant tous les jours pour aller s'acheter ses cigarettes. Les croix forment un endroit sûr. On peut prendre le train là. Le train pour la fin. Les croix témoignent de l'efficacité des trains, de la ponctualité de la mort. Ces morts-là, c'est Milena elle-même qui les a très certainement reçus à l'hôpital. Elle vivait dans cette petite ville où le train est encore un signe de liberté, d'un ailleurs où c'est peut-être meilleur. C'est par ce train-là qu'elle était revenue chez elle des années auparavant. Contre son gré. Mais pour son pays, son père, sa mère, ses enfants à venir. *Il faut que je paie ma dette*, me disait-elle souvent. *Tu ne sais pas ce que c'est*. Non, je ne savais rien, Milena, je ne savais rien de ta souffrance atroce, de ton désespoir absolu, ravageur. Je ne savais pas que tu attraperais le train ce jour-là, Milena. Tu étais si douée, si belle, si blanche et j'étais béate d'admiration. À l'université, en 1977, il y avait toi, la médecin la plus talentueuse de l'école. Toi, le génie médical. Toi, si humaine, si intelligente. Tout le monde croyait à ta réussite. À ta gloire. À des prix remportés, à des doctorats honoris causa, à des honneurs, des décorations, des ordres du mérite et des fleurs, des fleurs de toutes les couleurs. Aux tapis rouges de la vie déroulés pour toi, juste pour toi, Milena. En 1977, en médecine, il y avait aussi moi et cette cloche de Madeleine Lévesque. Tu vois ce que nous sommes devenues. Maman est morte. Toi aussi. Moi, tu vois, je ne vais pas très bien. Malgré l'amour que j'ai si peur de gâcher. Comme le reste. Je suis un bon médecin, c'est vrai, et je ne sais pas si j'aurais pu faire mieux. Peut-être aurais-je dû attraper moi aussi le train de huit heures trente, un dimanche matin de mai... Peut-être que c'est ce que j'aurais dû faire, il y a quelques années déjà. Je n'aurais pas su ta mort, ni celle de Maman. Je n'aurais rien su de l'âge, du temps qui passe et qui nous fauche, mais pas comme le train. Pas aussi bien. Je n'aurais pas été l'orpheline de Maman, la survivante à moi-même, un très bon médecin, certes, mais juste cela : un très bon médecin. Je pense vraiment que j'aurais mieux fait d'attraper le train à ta place ce matin-là du 23 mai 1989. Je n'aurais pas eu à me dire que je crèverai lentement d'un cancer des poumons, parce que je fume trop, des Pall Mall justement. J'ai lâché les Lucky Strike. Je ne crois plus en la chance. Et je sais combien c'est mauvais, je suis chirurgienne, j'en ai fait des centaines d'ablations partielles ou totales. La pneumonectomie, la thoracoplastie, ça me connaît. Je ne vois personne qui opère mieux que moi. À part, bien sûr, Milena, mais elle est morte dans un train attrapé au vol, dans un train qui conduit les gens vers un ailleurs d'où ils ne reviennent pas. Les trains, Milena, toute sa famille y avait goûté. Son père y avait échappé de justesse. En retard à un rendez-vous, sa mère avait dû le laisser à la maison avec la petite quand il y a eu la rafle d'où elle n'est jamais revenue. Mais Milena n'a jamais été une fille en retard, et le train, elle l'a pris. Elle frissonnait un jour d'antan alors que nous montions dans un wagon vide pour aller visiter Québec, un des rares week-ends sans tour de garde. Elle me parla alors des trains qui, à elle aussi, faisaient si peur. Nous avions cela en commun. Les trains nous rendaient dingues. Moi à Chicago, où cela a commencé, et elle dans son pays, bien avant elle. Quand Milena est rentrée au pays, je ne sais comment ni pourquoi, elle s'est retrouvée tout près du chemin de fer. De chez elle, elle pouvait entendre passer le train. Sa fille, ma filleule, a dû entendre le train de huit heures trente, le dimanche matin, et ce durant de nombreuses années après la mort de sa mère. J'ai essayé de faire venir Marina chez moi. Le père n'a jamais voulu. En 2002, elle est partie. On ne l'a pas revue. Elle a dû prendre un train. Un train pour je ne sais où. J'espère souvent que ce train-là la transporte jusqu'ici, chez moi. J'espère souvent qu'elle cognera à ma porte un jour ou qu'elle apparaîtra une nuit de pleine lune à mon hôpital. Je lui montrerai Québec et puis sa mère, sa splendide mère telle qu'elle ne l'a pas connue. Sa mère québécoise. Je lui montrerai tout à Marina. Et Rose sera heureuse de la rencontrer. J'espère encore qu'elle pensera à venir me voir, qu'elle trouvera moyen de penser à moi. Pas comme sa mère, pas comme son ingrate de mère. Sa mère n'a pas même songé à me parler avant de prendre le train. Rien, non, rien. Cela faisait trois mois que je n'avais pas eu de nouvelles. Le boulot, la vie. Ça roule, la vie, aussi vite qu'un train. Mais il vaut mieux être en retard. Rater le train, louper le coche. Voilà ce que j'ai fait toute ma vie, et il n'y a rien à regretter.

Je pense aux destins. Destins de Milena, destins de Flore, destins de Madeleine. Je pense surtout aux destins non advenus. À toi, Milena, qui n'a pas vieilli, à Madeleine qui s'est enfoncée dans sa banalité. Ce n'était pas bien difficile à prévoir, il faut dire. Madeleine, on aurait pu y penser. Si nous avions parlé de l'avenir, Milena et moi, si nous n'avions pas été à savourer le présent, à le bouffer tout cru, nous aurions ri en imaginant la suite. La foutue suite. Et bien sûr, on aurait eu tout juste au sujet de la Lévesque. Milena et moi, nous aurions pensé à sa réussite professionnelle, à la reconnaissance auprès des instances politiques, à l'abrutissement inexorable, aux rides et à l'empâtement, aux bouffissures de l'âme et aux commissures tordues un peu partout. Nous aurions tout vu. Il y a des gens qui ont des vies toutes tracées. La ligne de vie de Madeleine, c'est l'autoroute pour la connerie. Oui, Milena et moi, nous aurions fait mouche. En plein dans le mille. Et nous ne connaissions même pas encore le gros veau anglais. Mais la suite, c'était tout prémâché. Du prêt-à-porter. Si nous avions discuté de l'avenir, nous aurions imaginé Milena couverte de gloire, dans son pays et puis peut-être en Afrique ou encore ailleurs. Dans un organisme mondial pour la Santé. Milena ne voulait rien pour elle, mais il fallait cela pour son pays, pour son père, sa mère morte et toute la tribu, la smala de là-bas. Oui, nous l'aurions imaginée heureuse, ailleurs. Heureuse et prolifique. Inépuisable, féconde. Quelque chose l'a tuée. Le retour au pays. Le mari bien gentil. La voie ferrée si proche. Le passé nous revient parfois. Cinquante ans ne sont rien. Un train qui passe et on retourne avec les siens à Dachau, Treblinka, Auschwitz, Buchenwald. Un train passe et puis on ne veut plus rater aucun rendez-vous. Quelque chose t'a tuée, Milena. Et cela a dû être fort. Personne n'a su te retenir. Tu as dû bien y penser. Peser le pour et le contre. Ne serait-ce qu'une minute, ne serait-ce qu'une seconde... Tu as dû mettre le tout dans une petite balance. On en a dans la tête, de ces petits engins. On a le cerveau farci de vrais pesons. Dans les dissections de cerveaux, il n'y a plus que cela qu'on trouve. Des plateaux, des pesettes, des trébuchets, des tares. À croire qu'on ne fait que cela. Que l'on pèse nos âmes, nos décisions, nos amours, nos joies. À croire que la vie, c'est une immense pesée, un pèse-esprit troublant où tout se jauge, tout se juge. Et puis même la fin. Milena, elle avait l'avenir tout pour elle. Elle et moi, nous aurions parié sur ma fin prématurée, sur mon suicide rapide, sur une autolyse bien automatisée, sur une grande scène. À force de traîner partout ma dépression bien folle, à force de trimballer mon air triste et grave, je ne pouvais que me supprimer, me balancer au bout d'une corde, me foutre sous un train, au bout du quai les ballots, faire la grande scène du deux, dès le lever du rideau. Milena me disait toujours que je finirais mal, à toujours crier haro sur le baudet, à ne jamais lâcher prise. *Flore, si tu continues ainsi, le destin va te foudroyer, mais c'est toi cela. Flore, tu es ainsi. Comme un train qui fonce à toute allure vers le précipice le plus proche.* Tu parles, Milena. Tu parlais et tu ne parles plus. Et moi, je continue ma vie sans aléas, ma vie cahin-caha, ma vie anesthésiée. Qu'est-ce que j'ai pu courir depuis ma naissance et tout cela pour rien. Pour être toujours en retard sur les choses, pour rater tous mes rendez-vous. Et surtout ceux avec la mort si annoncée. Si mienne. J'ai fini par comprendre que j'ai la peau dure et la couenne bien encroûtée. J'ai fini par entrevoir que, pour moi, le destin n'est pas celui qui a frappé un soir de mon enfance en me donnant un rancard un peu plus tard. Le destin n'est pas celui que je croyais reconnaître au premier coup d'œil. Il y a pas mal d'imposteurs et moi, je suis la première sur la liste des charlatans vivants. La grande usurpatrice d'un hasard qui finalement m'appartient. Ben oui, c'est à moi, la vie. Et là, c'est une surprise.

Je m'étonne encore lorsque je me croise dans le miroir d'avoir affaire à cette femme qui aura très bientôt, dans un avenir certain, atteint la cinquantaine comme on touche le sommet d'une montagne infâme. Je n'ai rien d'une alpiniste, rien d'une exploratrice. La jeunesse me suffisait. J'en connaissais assez. Pourquoi faut-il plus et encore, et toujours et davantage ? Pourquoi me fallait-il apprendre ce que c'est que vieillir ? Et surtout me décatir, moutonnière créature, grégairement et en mauvaise compagnie ? Je n'avais pas vu cela venir, je n'avais pas prévu le coup. Et maintenant que Maman est morte, je deviens vraiment vieille. Je travaille dans l'usure et l'attrition forcée. Dans l'éculé, le défraîchi. Le nouveau vient du fait que je ne m'y attendais pas. J'en suis encore baba de me voir fastidieusement continuer ma vie. Mes ennemis ont de quoi pavoiser. Pour eux, c'est du gâteau. Je leur sers la rigolade sur un plateau d'argent. Dieu sait si je suis brave... J'ai le courage naturel... Je suis suppurante de bravoure et je ne me suis jamais évanouie devant un cadavre ou une plaie. Non, jamais... Mais je réfléchis tout de même et bien que je tienne ma place, bien que je sois de garde très souvent et plutôt au garde-à-vous, je sais que je suis inepte. Je cafouille dur. Je serais mieux dans un grand trou noir. Rose se débrouillerait très bien avec Hervé ou avec Julia, sa gardienne, qui va la chercher le soir, parce que moi je ne peux pas. D'ici la fin, je serai devenue amère comme chicotin, vermouth qu'on recrache, mine de rien, quand l'hôtesse a le dos tourné. Y a un hic dans ma vie, c'est que cela n'explose pas. Cela implose parfois mais le manège continue. Même s'il y a moins de joueurs et que Madeleine est bien là. Les jours continuent à tourniquer. *Tournicotis, tournicotons.* Les heures tourbillonnent et je ne disparais pas. Les minutes roulent, elles déboulent et s'amoncellent. Je ne vois plus les sémaphores, les poteaux de signalisation qui m'avertissent du danger de devenir Madeleine ou de peser cent kilos, comme le gros Anglais au ventre d'Austin. Je vieillis à reculons, pour me faire acculer, enculer par-derrière par le temps qui me possède. Il me fout un ramponneau, une torgnole superbe et je me laisse faire, je me laisse baiser. J'ai un peu peur quand même. Mais on s'entend bien. L'oubli m'enivrera, c'est une fleur si charnelle. Je ne fais plus ma crâneuse. J'ai chassé le naturel. C'est lui qui fout le camp à mesure que le temps passe. Je ne parle plus du gniouf en montrant l'hôpital. Je ne dis plus : « La taulière qui règne sur le cimetière s'appelle Madeleine et c'est une tueuse en série. » Je ne dis plus rien, rien, rien et encore rien. Je me contente d'opérer, le corps intoxiqué, et de rentrer chez moi pour me faire cuisiner. Mais j'ai la main très sûre et la vue qui reste bonne. J'ouvre et je ferme les pauvres chairs affamées d'une santé qui fleurit. Je plante des orchidées dans les organes meurtris et j'attends que cela pousse, j'attends que cela grandisse. Il y a des pertes, bien sûr. Des morts sans racines, sur qui la greffe ne prend pas ou qui ne se font pas à ce terreau bien gras. Je verse quelques larmes, je chiale un bon coup. Je me dis que c'est ainsi. Pas d'ébaudissement. On croupit de toute façon, sur la terre ou sous terre, et même en cendres grises éparpillées au vent. Je ne me fais plus chier à souffrir de la mort, de celle qui vient trop tard, de celle qui frappe trop tôt. J'ai fini de hurler. Honneur et même justice. Je lève mon verre au temps. Qu'il fasse ce qu'il veut... J'ai un destin tout neuf. Je supplie, j'espère... Des années entières à redécorer. J'ai saccagé ma mort, il n'y a pas de quoi faire un drame. Je ne suis qu'infecte, lâche et bien peu dangereuse. Et je vais continuer, c'est promis, le compromis. Les jours seront géraniums, capucines, vignes folles... Cela grimpera sans cesse, haut, toujours plus haut. J'espère en mourir mais surtout pas trop tôt. Je n'ai rien d'exceptionnel. Je veux une vie médiocre. C'est ma mission à moi, mon art, mon grand œuvre. On ne veut plus de moi dans cet hosto de vampires. Je vais les bouffer, ces connards, sans même les faire saigner. C'est ma spécialité. Jamais d'hémorragie. Je suis hématophage. Ils vont se vider tout doucement. On crèvera ensemble, le gros Anglais et moi. On se labourera l'horizon. On fera fleurir l'avenir. Des clématites vénéneuses, des azalées vireuses, des rhododendrons à chancre mou, des lys à mycose, des roses à abcès viendront syphiliser le futur, bien le contaminer. On va fertiliser le sol de demain de nos minables existences. Le gros Anglais qui se décompose lentement, cela constitue pas mal d'engrais, ça, monsieur. Le monde sera infesté de nouvelles espèces absolument pourries, pleines de septicémies... Je suis dans la bousillerie jusqu'au cou. Je patauge dans la mouscaille et la putride ordure. Il n'y aura pas de miracle... Nous sommes des vrais guignols et nous assurerons jusqu'à la fin le spectacle, sans chercher le tracas, sans nous mettre dans de beaux draps. Pour cela, je me shoote en douce.

Au boulot, ce sont des veaux, des fainéants, des vauriens, des chieurs, des « enculomanes », comme le dit l'écrivain Céline. Ils veulent m'éliminer, me bousiller le système, me rendre furax, malade et fumasse aussi. Mais je leur joue le grand jeu. Je pique une jasette dans les couloirs glauques. *J'ai eu un petit moment difficile. Mais je suis bien entourée. Même mon frère est là.* Ils me regardent, l'œil méfiant, un petit air par en dessous. Ils essaient de voir par où ils peuvent m'exécuter. Est-ce que j'ai le cou assez fin ? Est-ce que là ils trancheraient facilement ? Je ne montre rien. Ou plutôt je fais tout voir. J'ai toujours l'air de chanter, de vouloir faire la causette. Eux rêvent de m'assassiner. Cela se voit dans leurs yeux, dans leur façon de me scruter. Ils me regardent de façon bizarre, de biais, toujours de biais. Ils m'évitent, correspondent avec moi par courriels. C'est plus sûr. Nos bureaux sont mitoyens, mais ils préfèrent m'écrire pour discuter d'un patient. Ainsi, on pourrait avoir une preuve écrite de mon incompétence. Les plus courageux s'arrêtent quand je les hèle dans les corridors. Leurs voix tremblent, chevrotent, bégaient, mais ils espèrent que je flanche et se sentent très forts, face aux autres, plus pleutres, d'avoir osé répondre à mes avances étranges. Il faut dire que je ne les avais pas habitués à tant de civilités. Je ne leur adressais pas la parole. Je leur faisais raser les murs dès qu'ils m'apercevaient au bout d'une grande allée. Les vieux ne me le pardonnent pas. Mais les jeunes, en fait, sont pires. Ils rêvent de me faire renvoyer afin de prouver qu'ils sont doués, qu'ils peuvent avoir leur place, que demain, s'ils voulaient, ils ouvriraient les entrailles les plus pourries pour y voir leur avenir le plus grandiose. Ils me veulent à l'échafaud ou au moins en prison. S'ils savaient opérer, je les aiderais dans leur carnage de Forget. Mais dans la boucherie, ils ne coupent pas le gibier aussi bien que moi. Ils foutent des viscères partout, dont ils ne savent que faire. C'est Madeleine qui les choisit ou des sous-fifres à elle. Et, bien sûr, elle n'engage qu'encore plus médiocre qu'elle. Elle embauche le piètre, l'étriqué, le mesquin. Ils ont beau espérer, jouir à l'avance de ma défaite, ma chute est ailleurs. Ils ont beau venir me voir ou m'éviter souvent, ces pourceaux, ces gorets qui font dans la cochonnaille bien hospitalière, ils ont beau flairer le charnier, le cadavre en moi, appeler le malheur, implorer une fin, leur haine ne me touche pas. Leurs coutelas sont caresses. D'eux, je n'ai pas peur. Ils font dans leur froc dès qu'il y a une merde, une opération qui va mal, un patient qui déconne. Moi, je sauve la mise plus souvent qu'à mon tour. Je ramasse les pots cassés et je recolle le tout. C'est pour cela que j'ai choisi il y a longtemps ce sale boulot. Entre la vie et la mort, je ne me trompe pas. Je n'hésite pas une seconde. Je n'ai jamais douté. Milena était comme moi. On avait la médecine en commun. Ce désir de comprendre et puis de prolonger. Prolonger à tout prix le patient, la vie. Je suis là et j'opère. Ils sont sur leurs gardes, se demandent où regarder pour mieux voir en moi le fanage. Ce sont des humains, il ne faut rien attendre d'eux. Il y en a parmi eux qui referaient Auschwitz, Treblinka. Ils n'attendent que ça. Rien ne les arrête. Si ce n'est ma mauvaise foi, mon air cagoulé, mon visage hypocrite. Ils finissent par me croire. Il n'y a que moi qui rie. Et je ris jaune écarlate, et je ne ris que sous cape. J'ai un semblant de paix. Je vieillis à l'abri. Je me planque parmi eux. Je hurle avec les loups, les chacals, les chiens. Je suis un crépuscule. J'accepte l'effondrement, la dégringolade, l'existence grand-guignolesque.

Et le temps passe rondement. Je vieillis, c'est dingue, et j'accepte tout cela. Je croupis avec eux et je ne rêve plus. Aller où ? pour voir quoi ? Le monde est partout pourri. Madeleine, au moins je la connais. Je peux la faire souffrir, et parfois mordre la poussière. Le gros Anglais crèvera. Peut-être avant moi, avec un peu de chance. Il y a peut-être une justice. Je n'irai pas à son enterrement. Je prétexterai un voyage, l'émotion, l'amitié. Je ferai envoyer des fleurs, quelque chose de m'as-tu-vu, de quoi montrer le chagrin, mon infinie tristesse, combien il comptait pour moi. J'enverrai un mot à sa famille, à Madeleine, pour faire l'éloge du mort pachydermique. Œuvres de bienfaisance, œuvres de malfaisance, il était toujours là à se mêler de tout. J'ai mis dans mon testament que je ne voulais pas qu'il vienne, ce gros-là, à mon enterrement. Je ne sais pas s'il aura le culot de se la ramener ou si quelque ami dévoué trouvera le courage de lui botter le cul, de lui interdire le passage. Je ne le veux pas là. Pour Maman, je leur avais menti sur l'heure et sur l'endroit. J'ai prétexté le trouble, le cafouillage du deuil. Ils sont allés ailleurs, je ne sais plus bien où. Ils étaient soulagés, je crois, de ne pas avoir à m'embrasser, me prendre dans leurs bras de gros calmars gluants. Ils n'ont aucun courage. Mais je ne me tue plus à le répéter. Je vieillis. J'accepte tout. Ils me voudraient en bouillie, en morceaux, hachée. Mais ils ne m'auront pas. J'ai beau chaque jour me prendre dix années de plus. J'ai beau me bourrer de pilules et planer en permanence. Je les déteste encore et pour un bon bout de temps. Je les détesterai jusqu'au Jugement dernier, auquel ils ne croient pas, ces impies, ces gens de peu de foi. Je les déteste encore, mais tout autrement. J'apprends seulement la haine, mais pas celle qu'on décharge en un seul coup. J'apprends la haine lente.

Je vieillis. C'est tout.

8

Hier matin, j'ai vu Caroline passer. Elle ne m'a pas regardée. C'est comme cela depuis la mort de sa nièce. Tantôt elle me dévisage, hagarde, sans même me saluer. Tantôt elle me dit à peine bonjour en évitant mon regard. Elle accélère le pas. Et puis, une autre fois, elle se jette dans mes bras, me demande de la consoler, de la prendre fort, fort. Me dit que c'est intenable, qu'elle ne sait plus que faire. Que la petite lui manque trop, que son frère souffre tant, que c'est tellement affreux. Qu'elle sait que Maman est morte, qu'elle comprend par quoi je passe. Qu'elle aimerait voir Rose, mais qu'elle ne le peut pas. Que les enfants lui font mal. Même l'idée la blesse. Qu'elle trouve cela affreux de ne plus avoir la moindre générosité. Que les rires de gosses dans la rue sont tortures, que le soleil est puant, le ciel, une pestilence. Elle n'est pas belle à voir. Voilà plus de cinq ans que Catherine est morte. Elle n'en avait que huit. Elle ne serait pas bien vieille. Une enfant très charmante. Rieuse, bienheureuse. Une grosse leucémie l'a emportée. Deux ou trois ans de combat. À cet âge, c'est quelque chose. Me voilà bien veinarde de ne pas être oncologue ! Une fille vernie de ne pas travailler avec les petits enfants ! Je ne suis pas spécialiste de cela et c'est mieux ainsi. Je la connaissais peu, la petite Catherine. Mais Caroline, pendant la maladie, m'a demandé de la voir. Elle frappait à toutes les portes, ne savait plus à quel saint se vouer. *Pourquoi ne pas voir Flore ? Elle saura peut-être quoi faire...* Je suis médecin, que diable, je dois pouvoir agir... Catherine, c'était une enfant douce qui voyait la mort venir. Dans ses yeux, on devinait que c'était là, mais elle n'avait pas peur. Pour la galerie, ses parents, sa tante, la fée-marraine, il fallait par contre donner le change. Consoler tout son monde. Les enfants et la mort, cela ne va pas bien ensemble. Et pourtant, tous ceux que j'ai connus et qui s'approchaient de la fin savaient mieux les choses et profiter des jours. Mon ami Hervé est un mec admirable. Je ne connais pas beaucoup de consœurs, de confrères que je ne méprise pas. Les mômes, Hervé, il en sauve des milliers, mais il en voit mourir. Souvent, il vient pleurer dans mon bureau. À chaque mort d'enfant, il est complètement secoué. Et il continue. Il y en a d'autres dont il doit prendre soin. Il y a les parents qu'il faut suivre. Les enfants le touchent, les enfants savent l'atteindre. Il les trouve formidables. Ils lui apprennent la mort. Je ne sais comment ils font. Cette force profonde, ce rapport à la vie. Comme s'ils étaient simplement des passants dans ce monde. Et justement, ce matin, j'ai vu Caroline passer. Comme un ange. Mais ce n'était pas une enfant. C'était une errante, une ombre, une fille pas à sa place. À elle rien n'appartient. Même pas le temps d'un jeu ou d'une ronde. C'était un fantôme malheureux que j'ai à peine aperçu. Elle n'a que sa douleur. J'ai peur qu'elle se supprime. Son frère me dit que non, que c'est une façon d'être. Elle vient de perdre sa mère. Les malheurs s'accumulent. Sa nièce ne revient pas. Caroline l'a attendue longtemps. Après une journée de travail, à sa porte, elle la verrait. Catherine viendrait caresser les chats. Caroline habite à côté de chez son frère. La petite était toujours là. Maintenant, elle n'est plus et Dieu sait où elle est. J'ai croisé Caroline et j'ai rêvé de Rose. Dans mon rêve, ma fille me parlait de fleurs bleues odorantes. *Oui, je sais, Maman, je me rappelle bien ce que je te raconte en rêve, toutes les nuits.* C'est ce qu'elle me dit au réveil, quand je lui décris mon sommeil. Ma fille est une pythie. Une sorcière en herbe. Parfois, elle me fait peur. Elle parle comme un poème. Des mots de la sibylle. Des mots bien mystérieux. Des phrases qui prennent sens, qui se déploient dans le temps. C'est un concentré d'avenir ce qui sort de sa bouche. Ma fille a une voix d'ailleurs, une voix d'outre-temps. Je ne suis pas à la hauteur de ma petite prophétesse. Je ne sais pas toujours quoi faire de ma devineresse. Ce matin, elle est venue dans mon lit et a dit : *Maman, cela suffit. Lâche un peu grand-maman. J'ai envie de pâtisseries. Il nous faut une fête pleine de gâteaux, de chocolats. Tu as bien quelqu'un qui nous ferait tout ça.* J'en étais toute soufflée. J'en étais bien baba. Je ne sais plus quoi dire, quand elle fait dans le vrai. Juste envie de lui dire : *D'où cela te vient tout ça, ma divine, mon ange ?* Elle sera écrivain ou danseuse, elle me l'a promis. Notre ami Hervé lui montre le chemin. C'est un grand poète, Hervé. Un poète de la mort. Celle des enfants. Et Rose ne jure que par lui et par sa fille Anna. Ils parlent en langues, tous les trois, ils glossolalient. Je n'y comprends rien et je les vois bien rire. Hervé me dit qu'il faut que je me mette davantage à la littérature. Que ce serait bien mieux que mes médicaments ! Que c'est là qu'il trouve consolation. Mais je ne sais pas lire. Je sais seulement cracher. Je suis comme un dragon. Je vomis des mots de feu. La littérature, c'est une autre histoire ! Je ne la connais pas. Ma fille veut que je vive, que l'on rie, que l'on danse. Elle aime l'Fêlé. Je trouve qu'elle exagère. Hervé aussi aime à bavarder avec lui. Ce doit être la poésie ! Les morts, le reste… Je n'y comprends rien et je ne veux pas comprendre. Je ne dois pas être assez démente. Il y a les poètes, les fous qui ne tournent pas rond, ma fille, mon frère, Hervé, Anna. Ces gens font bon ménage. Et moi, je suis ailleurs, enfermée dans la camisole de force de ma véhémence. Il n'y a rien de tendre en moi. Je n'ai pas même la folie douce. J'ai le vin bien triste et aussi, trop souvent, les médicaments sombres.

Ma fille, mon enfant, est-ce que tu sais que je t'aime ? Ça commence par les yeux dont je lèche les cils. Je les veux bien mouillés, lavés de toute mélancolie. Humectés par la langue qui trace des signes sur tes paupières endormies. Tu veux que je vive ? Bon, d'accord… Comment je fais ? J'ai envie de balayer tout, de massacrer l'amour. De foutre l'Fêlé à la porte et avec lui, ses copains. Mais tu me demandes de garder le tout, de protéger mon grand frère. Tu me dis que tu l'aimes bien, ton oncle, l'Allemand. C'est qu'il vocifère souvent dans la langue germanique, et toi et Hervé, vous rigolez doucement. Vous ne voyez pas qu'il est fou. Que cela peut finir mal. Vous me dites qu'il est drôle, que c'est un gros marrant. Rose, tu veux qu'on aille en train, qu'on fonce à toute vitesse dans les jours qui viennent. Tchou, tchou. Tu es ma locomotive. Je fais le gros wagon qui a du mal à ne pas dérailler, qui est beaucoup trop chargé. *Tchou, tchou,* c'est ce que tu dis, et l'Fêlé t'aide, dans mon salon orange, à jouer au train, au paquebot, à l'avion, à la fusée russe. Les histoires de mon frère datent de la guerre froide. Rose me parle de Gagarine dans la Luftwaffe. Je me suis demandé au début où elle avait pêché cela. Pas à la radio ou à la télévision. C'est l'enfance de Florent, c'est la mienne en conserve. L'Allemagne, l'URSS, le temps fond, se confond. Tout finit par devenir une vraie bouillie. Rose dit Gagarine et elle rigole. *Gagarine, tout gaga se gargarise dans le ciel.* Son rire est une cascade. Et l'Fêlé rit avec elle, et je ne sais plus alors comment le mettre dehors. Souvent, je me demande ce que tu fais ici, je veux dire dans ma vie. Pourquoi toi, ma chérie, et puis pourquoi l'enfant ? Pourquoi jouer sa vie avec celle d'un petit autre ? Mais c'est le genre de choses auxquelles on ne répond pas, c'est même le genre de questions qu'on ne doit même pas se poser, même pas une fois. Parce que la réponse est bien trop compliquée. Cela nous ramène à pourquoi quelque chose plutôt que rien et des problèmes métaphysiques que je préfère oublier. Je ne suis que médecin. Je n'ai rien d'une philosophe.

Quand j'étais enfant, je croyais que le monde était fait juste pour moi. Que ma mère, que mes deux frères faisaient semblant d'exister, que tout était décor, qu'en me retournant très vite, je verrais la vérité. Regarder à toute allure par-dessus mon épaule devenait un tic, une seconde nature. Ils n'auraient pas eu le temps de remonter la scène, celle peu authentique de mon existence. Un jour, après mille tentatives vaines de retournement extrêmement rapides, je voulus en avoir le cœur net. Il fallait que j'intervienne, que je fasse quelque chose. J'avais cinq ans. Il était temps que je sache. Je décidai de mener une expérience sur mon petit frère Genêt. Un soir, j'allai le trouver. Je lui annonçai, alors qu'il s'endormait, que nous étions tous faux et que lui seul existait, que la vie était du carton-pâte. *Bientôt nous disparaîtrons et il n'y aura que toi...* Je m'étais dit, le connaissant bien, qu'il avouerait ses méfaits et qu'il lâcherait le morceau. Il me dirait que lui, Maman, Florent faisaient semblant depuis beaucoup d'années. Mon petit frère éclata en larmes. Il hurla de peur. Ma mère accourut. Je fus punie longtemps. Pas pour autant convaincue. Ils étaient vraiment très forts. Et Dieu aussi, celui qui organisait tout. Je crois parfois en Dieu, mais c'est grâce à Violette, et puis maintenant à Rose. Rose, elle me rend gaga et même gagarine. Sans elle, j'aurais tué mon frère, égorgé mon copain tout nouveau, occis

Madeleine récemment et fait de la charpie du vieil anesthésiste, l'Anglais pathologique, qui veut encore ma tête. Pour Rose, je reste en vie. Je lui dois bien cela. Et puis, la mort, elle s'en fout. Violette, elle lui parle encore. Elle la voit souvent et discute avec elle et l'Fêlé et puis aussi avec Hervé. Ils tiennent conversation. Cela me fait presque peur. Et puis je me sens exclue. Je ne sais pas rire. Je suis glauque, macabre. Je suis toujours chagriné, les larmes aux yeux, défaite. Avec ma Rose souvent, je vis de l'épiphanie, des apparitions de la vie qui fait tout à coup sens. Ploc, ça y est ! Ploc, c'est disparu ! C'était aussi ainsi que je voyais Maman. Avec elle, quelque chose m'arrivait, prenait place... Le monde se déployait. Sous le charme de Rose, cela descend vers moi, cela s'offre, cela se donne, cela m'échoit. Bing, bang, j'en prends plein la gueule, du bon Dieu, et c'est chouette ! Rose se transforme en lieu, en espace, en moment. Elle comble le temps et me le sert tiède, sur un superbe plat de porcelaine blanche. *Mais laisse-toi tenter, Maman, reprends-en. Ce gâteau des jours, il est fait pour toi. Ce gâteau des anges, c'est grand-maman qui te l'envoie. Ferme les yeux et goûte. Prends-en plein la bouche.* Cela me rappelle une histoire, une comptine qu'enfants nous répétions tout le temps : *Je vous salue, Marie, pleine de grâce, le Seigneur est avec vous, vous êtes bénie entre toutes les femmes et Jésus, Jésus...* Je ne me souviens plus très bien, Rose, ou je ne veux pas que cela revienne. C'étaient les mots de l'enfance, ceux qui avaient bon goût, un goût de lait sucré que je prenais chaque soir, après ma prière. Il vaut mieux oublier. Tuer dans l'œuf la souvenance. La jeunesse fut catholique : une vraie miraculée. Le plus souvent, je détestais le bon Dieu, les reliques pleines de vers et les éclopés du monde. Mais parfois, il y avait des miracles, des choses mirifiques. La communion fut divine. Je froufroutais de bonheur. Dieu y était venu.

Mais gentil, pas sévère. Il avait coupé sa barbe, il s'était même rasé. Il sentait l'après-rasage. Il sentait le curé. Lui, je l'accueillis sereine. Il ressemblait à un immense gâteau fait de choux à la crème, de dragées roses, vertes, jaunes, blanches, bleues, argent. Une pluie de confettis. Il descendit ainsi de son ciel en nuages. Ce jour-là, j'ai aimé la religion, les baptêmes et les confirmations, le cucul la praline de l'enfance crapaude, des années toutes grenouillantes dans l'eau bénite parfumée quelquefois à la fleur d'oranger. *Croâ, croâ,* me dit le passé en s'enflant plus encore. Tout enfant, j'ai souri aux communiantes, au blanc virginal, au ciel qui se dévoile, les samedis d'été où l'on se marie, niais. J'ai chéri la vie qui riait à Fontenay-aux-Roses, au début des années soixante, quand on allait rendre visite à une tante de ma mère. À la messe, le dimanche, la lumière blanche descendait comme une monstrueuse douceur. L'odeur des glycines se mêlait à celle des confitures. Dieu avait un goût sucré. Je le savourais vanillé, en fruits candis et en charlotte au chocolat. Je m'en léchais les babines. Je l'embrassais sur la bouche en faisant attention de bien lui donner ma langue. Rose, je voudrais tant te faire cuire une enfance clafoutis, une enfance profiterole, croquignole, puits d'amour, chouquette. Je te commande une enfance en petites pâtes de fruits. De la praline des heures, de la nougatine des rêves. Je désire pour toi des souvenirs à l'orangeade, une mémoire grenadine, un passé chocolat, que l'on croque, que l'on digère et puis un jour d'avenir comme un diabolo menthe. Ma mère à l'eau de violette, la France à l'eau de rose, ce fut cela aussi. Et pas tout le temps la guerre. Il y avait des armistices, et même des amnisties. Je voudrais effacer les batailles, les morts et l'horreur de ce monde. Je voudrais abolir les chiffres, machines radoteuses, répétitions sordides, 14-18, 39-45, ces chiffres comme des bombes à retardement qui explosent à ma gueule cinquante années plus tard. Je ne sais comment m'y prendre pour faire pousser des fleurs qui ne soient pas des corbeilles mortuaires. Je suis juste une courroie, un maillon de la chaîne, pour que cela continue. Et l'on ne décide pas de ce qui continue. Au début était ma mère, et puis maintenant voici Rose. Je ne sers qu'à cela, transmettre d'elle à elle. Mais ce que je passe, je me le passe en douce. Je me fais un bébé dans le dos, sans comprendre ce que je fricote. Je ne vois même pas si ma venue au monde a servi à autre chose qu'à la rencontre de ces deux fleurs, ma fille et ma mère. Il fallait bien que leur odeur se mêle. C'est en moi que ce parfum inavouable s'est concocté. Je n'étais qu'une maille dans le jersey des jours. Et je n'en suis pas peu fière. Je crois que là, j'assume. Mais j'y ai mis du temps. Les fêtes ne s'improvisent pas. Je suis condamnée à la vie. Il y a pire peine. Je suis une voyou, une fripouille, une loulou des bas-fonds, mais je connais le verdict : *Maman, tu restes là.* Voilà, Rose, tu as raison. C'est ce que je disais à ma mère. Et aujourd'hui, c'est à moi de payer, de préparer le grand bal et les valses, les soirées, les raouts. Que t'es belle en tutu, ma Rose. Une petite ballerine. Tu tournes si bien, vois comme tu sais guincher. C'est la danse des anges et Jésus fait la tournée. Regarde son cœur rose sur l'image surannée. Je me suis fait tatouer une violette sur la fesse et je me ferai dessiner une rose sur le sein. Mon corps est à vous, ma mère, ma fille. Je ne suis que passage, ce lien entre vous deux qui s'écrit chaque jour, et même après la mort, l'enterrement de Maman. Car cela continue. Même si je ne vois pas comment, même si je ne sais pas tout. Que ta volonté soit faite, Seigneur. Je suis à toi. Je le sens bien, vous savez, et vous aussi mes sœurs, ma mère si pervenche et ma fille de couleur si franche, presque acidulée. Je suis une guirlande entre vous. Je m'appelle girandole, tresse et trait floral. Je m'enroule sur vous deux, de toi à toi, je sème à travers le temps. J'ensemence le futur. Je ne suis que passage peut-être déjà passé. Je suis fleur fanée, fatiguée, flagada… Mais pour vous, je me transforme en insecte, gros bourdon incestueux qui féconde, vrombissant dans les violettes fragiles pour créer de nouvelles espèces de roses enfantines. Je parthénogenèse de ma mère à ma fille. Et voilà le travail de la chirurgienne Frankenstein. Dans tes draps bleu de mer, Rose, je te vois voguer. C'est sur une grande plage où tu me demandes d'aller. Nous partons en voyage. Souvent, pour tout changer. Tes rêves sont des guimauves que tu me donnes à manger. Chaque matin, quand je pars ou je reviens, tu me racontes un songe. Souvent, c'est Maman qui est venue te voir. Et j'avoue que j'envie ce que tu vois en rêve. Maman ne vient pas à moi aussi souvent qu'à toi. Je ne sais pas ce que j'ai fait. Mais les médicaments, c'est sûr, ne favorisent pas les visites… Cela chasse les esprits, les vivants et les morts. Cela empêche le trafic entre l'ici et l'au-delà. Les apparitions sont des idées très claires. J'ai fait comme tu as dit, Rose. La maison de Maman est maintenant à Florent. Genêt est bien d'accord. Il est si loin, le bougre… Maman est morte, je suis une pauvre orpheline. Le paradis de ma mère, sa maison, son jardin, ses grandes serres pleines de lumière ont besoin de la vie et pourquoi pas de lui… Maman m'avait fait promettre de m'occuper de tout. Mais c'était avant le retour de son fils, le mal aimé. Je ne dois pas me draper dans le linceul lilas de ma Maman morte. Je ne suis pas vestale, je ne suis pas prêtresse. Je ne suis que médecin, je prolonge la vie. Je greffe, je bouture, je drageonne, je multiplie. Je fais quelques miracles. En moi, j'ai quelque chose de la thaumaturge glorieuse. Je suis une gaillarde, j'en conviens. Cela suffit… Il y a les prodiges que je peux accomplir et ceux que je ne peux pas. Je connais, il est vrai, un million de tours de passe-passe, de prestidigitation et autant d'incantations. Une vraie sorcière. Mais il faut que je reconnaisse mes limites. À chacun son boulot ! Le boulevard Sunset où Violette tenait demeure revient peut-être à son fils, celui qui est parti, celui qu'elle n'aimait pas. Va savoir pourquoi. Va savoir comment. Rose me le dit tout le temps. Et il faut que je l'écoute. Ce n'est pas moi qui décide. C'est la vie et elle sait, la vache. L'entrée tapissée de tissus à moirure clinquante ou encore le lustre en cristal rose de l'entrée qui illumine la maison déjà inondée de soleil ne m'appartiennent pas. Sunset est une vraie serre où j'ai pu, dans les dernières années de la vie de Maman, bien couver mon amour pour elle, à chaque visite. Mais moi, moi, Flore, je n'en suis plus là. C'est Florent, le dingo, qui trouvera son nid dans ce cocon parfois étouffant où il ne me fait plus bon vivre. Maman, je l'ai eue vivante, je la lui laisse morte. C'est violent, tout cela, mais je ne peux faire mieux. La vie nous en fait baver. Et lui, franchement, il a souffert. Je ne sais pas trop comment il se débrouillera avec les goûts clinquants, tout le toc que Maman lui lègue. Dans les fleurs, Maman voulait l'artifice, le leurre pyrotechnique. Ses bouquets, c'étaient des fusées qui éclataient dans le ciel, c'étaient des explosions de couleurs, des cris. Que pourra-t-il, l'Fêlé, mon frère, faire des meubles désuets de Maman, de ses canapés coquets, de ses tapis fanés, de cette demeure astiquée, de cette maison rutilante ? J'y suis si peu retournée depuis l'enterrement. Je voulais mettre en vente, mais je n'ai pas eu le courage… Il ne faut pas faire dans le mausolée, je n'ai rien à empailler. Maman était passée maîtresse, à la fin de sa vie, dans l'art de la momification d'elle-même et des autres. Tous les gens qui vieillissent, il faut quand même l'avouer, se découvrent empailleurs, doués taxidermistes. Sur Sunset, on retrouvait des photos partout, des tentures pas trop usées mais très décolorées, étiolées, tournant de l'œil. Même le chat de la maison avait pris des airs de pharaon desséché. Maman aimait les conserves, ce qui se préserve, ce qui s'immortalise. On finit souvent ainsi. Bientôt, très bientôt, quand les années cogneront plus sec, quand les heures martèleront le présent en marquant le décompte, il faudra que je songe à tout foutre à la poubelle, sans rien racheter. Quand je me sentirai crever, j'irai respirer le Gange et ses odeurs infectes, je voyagerai là où le temps se déglingue, ne se veut pas progrès. Il vaut mieux se dépayser à un certain âge. Je ne tiens à rien. Maman me l'a beaucoup dit. Pourtant, à tes objets, Maman, je voulais tenir. Mais je ne suis pas un sanctuaire. Les choses continuent. Je ne sais comment.

Quand je vais dans ta baraque, Maman, c'est le ballet des fantômes. I just want to forget. Je veux juste mon nom. Et celui de mon père. Il n'y a plus rien ici. Maman n'est pas une bienheureuse, une béate, une sainte. Sunset n'est pas la châsse de Bernadette ou de Thérèse. Montréal n'est pas Lourdes, Lisieux ni même Nevers… Nous ne marchons pas sur le passé, sur des tombes millénaires ou sur le temps qui passe. Ici, je dois le dire, cela ne sent pas la guerre de la même façon, c'est pourquoi Maman et ses sœurs sont venues en Amérique, c'est pourquoi Florent a traversé, il y a trente ans, l'Atlantique pour aller se transplanter dans le sol européen. Celui-là, c'est une fleur de la guerre, il ne pousse que sur le fumier. Il ne veut surtout rien oublier des batailles. Il n'en perd pas une. Moi, je veux oublier et puis tout planter là. Les médicaments m'aident, bien sûr. Donner la maison de Maman à Florent, ce n'est pas mal non plus. Je ne suis pas héritière. Ce sera donc pour lui. Je lui balance le temps. Je me déleste, je m'allège. Putain, ce n'est pas léger.

Quand nous étions enfants, nous partagions tout. Flore et Florent, les bessons... Capitule foisonnant, corymbe éclatant. Pistil et étamine : c'étaient nos noms secrets. Notre inceste quotidien. Nos amours botaniques. Des années nous séparaient, mais cela ne changeait rien. Nous étions très semblables. Deux fleurs du même terreau. Du ventre de Violette, nous étions éclos. Nés, le même jour, un 16 juin qui se répète, qui cogne une deuxième fois dans les années qui filent, nous étions liés par le hasard des saisons qui reviennent, des étés qui rappliquent. De cela, Violette fit notre destin. Les graines une fois semées dans le corps de Maman avaient fait apparaître ces enfants végétaux, ces mômes mauvaise herbe. Elle en était bien fière. *Et ils n'ont pas le même père !* Moi, je n'aimais guère cela. Je sais que Genêt, mon petit frère, en souffrit passablement. Il est né en automne quand les fleurs ont mauvaise mine. Il était laissé pour compte : une pousse d'exception, un arbrisseau bien jaune, une plante grimpante, qui croît et qui s'étend. Une vraie végétation. Il s'est mieux débrouillé avec la vie, je crois. Qui sait ces choses-là ? Mais c'est ce qu'il dit toujours. La guerre, il n'y pense pas. Et les fleurs, il les mange en salade dans des restos très chics qu'il fréquente en groupes, en grappes d'artistes branchés. Crich, crach, crouch. Il mastique le floral et digère même les tiges. C'est un garçon très bien qui n'a pas d'états d'âme. En tout cas, pas tous les jours. Il faut dire que Florent et sa sœur, ils ont tout chapardé, les ancolies, les mélancolies, la tristesse pois de senteur, le suicide en grappes, la folie en boqueteaux. Il ne restait plus rien pour le petit dernier. Ils avaient tout volé. Enfants, il se faisaient des mines, ils se donnaient des grâces, des caresses, des mamours, des chatteries, des papouilles, du pelotage. Cela dégénérait vite, cela se dégradait presto. *Pipi, caca. Tu me chatouilles, sein, con et pénis.* La grande comédie sexuelle, le grand cirque du câlin, la tragédie de la copulation, du je-te-lèche-tu-me-lèches-arrête-tu-me-fais-mal-oh !-pis-continue-si-tu-veux. C'est comme cela, on est pareils. Et puis après, la honte, parce qu'il n'y a pas d'innocence. Le plaisir, pour l'humain, est une sorte de mal-être. Tu es comme un végétal, tu plonges sans crier gare dans l'animal et dans la bête, sans la belle. J'ai trois ans. Un gorille se réveille en moi. Je le vois qui se frappe la poitrine. Quand je me déshabille, il est toujours là, juché sur quelque armoire à me mater les fesses. Ce n'est pas simplement Florent, c'est moi qui m'orang-outange, qui me transforme en monstre, en anthropopithèque, en macaque ravageur à cul bariolé. La vie devient vulgaire, j'ai vite les instincts bas. Je suis Florent dans l'âge, dans la chair coïtale. L'enfance sent la semence, la glande, la cyprine, et en moins de deux, je suis au fait des roses, des choux et des cigognes qui se montent, par-derrière s'il vous plaît, qui s'enfilent. L'enculade-rigolade, le trou de balle chatouilleux. À huit ans, je sais tout de ce que je dois savoir. Tout le monde ferme les yeux sur nos jeux de gamin, sur les enfantillages, charmantes puérilités, sur nos innocentes âmes. Nous dormons ensemble et forniquons, acrobates. Je suis souvent dégoûtée, mais j'oublie cela dare-dare. Les mondes sont clos, hermétiques, des serres chaudes qui laissent pousser des moments divers. Je respire ce qui est. Je ne fais pas la difficile. Je hume le plaisir et du même coup je respire ma flétrissure innée. Je n'aurai jamais été pure. Il y a toujours eu du trouble, du flou, du parasitage dans ma tête candide. Je n'ai jamais été idiote, je veux dire béate. Je n'engendre que le double et la duplicité. Des choses contradictoires, de paradoxales idées. Des envies d'en finir et surtout de persister. Cela dure ce que cela dure, mais plus longtemps que les roses, donc bien plus qu'un seul été. Et puis les années passent, j'en ai marre et remarre, je crie, je mords, je me bats. Je ne veux plus de mon frère et de ma mère complice. Il me semble qu'elle sait tout et qu'elle n'en parle pas. Elle veut que ces deux fleurs se greffent l'une à l'autre, qu'elles croissent de concert et pointent en chœur vers un ciel en extase. Je vois ma mère en acolyte véreuse, écoutant derrière la porte les ébats fraternels, les galipettes du sang. Je me trompe, je me goure, je fantasme, je me plante, je m'enfonce dans une terre meuble. Violette me le dira plus tard, quand Florent sera parti, qu'elle ne pouvait pas, non jamais, imaginer ses mômes… Elle s'en voudra beaucoup et rejettera la faute sur lui. Les mères se mentent souvent et, bien sûr, moi la première. Avec ma Rose enfant, c'est évident que je fais dans le déni, la scotomisation… Il ne faut pas être grand fakir, derviche chevronné pour voir que je fais l'autruche. Seulement, je ne sais plus ce que, magicienne, je fais disparaître. Abracadabri, abracadabra ! La baguette de Flore a frappé une autre fois ! On voudrait, bien sûr, que nos enfants n'aient pas à devenir chiennes du cirque sexuel. Et que je te rentre en piste ! Et que je te fais mon plus beau numéro ! Acrobate, clown, danseuse, dompteuse de lions et de tigres du Bengale, écuyère chevauchant des juments alezanes, équilibriste de l'âme, gymnaste des sentiments, pitre humiliée, blessée qui doit faire bonne figure et contre mauvaise fortune, bon cœur, on joue tous les rôles à cette chaise musicale. Et en avant la zizique ! Parce que ça recommence et que ça fornique même, ça se dandine, ça frétille, ça participe à qui mieux mieux à la corrida sacrificielle des amours humaines, des amours polluées. Je rêverais d'éviter tout cela à ma fille, de pas l'exposer jeune à toute cette pariade grotesque, à ce rut très burlesque. L'étalage des sens, la réclame des corps. Moi, j'ai commencé jeune. Cela a ses avantages. À dix ans, déjà, tout me paraissait vain. Je jouissais très vite. Voilà ce qui me reste de cette époque-là. Il faudra que j'apprenne à retarder le plaisir. Je le consomme à la chaîne. Par peur de manquer le train. Oui, j'aimerais que Rose échappe à mon passé. À l'abrutissement et à la roucoulade, au râle sibilant des passions caverneuses, des tocades puériles qui finissent toujours la main dans le pantalon et au lit qui remue. Ce ne fut pas un traumatisme. Je ne voudrais pas qu'on croie que je suis amochée, détraquée, esquintée. Florent et moi, quand on jouait aux fleurs, quand on sc pollinisait, qu'on *faisait catleya*, pour le dire avec Proust qu'à l'époque je ne connaissais pas, on ne se faisait pas des lésions, des blessures, des chéloïdes indélébiles. C'est plus simple que cela. On s'en tire beaucoup mieux. Je ne suis pas comme je suis à cause de mon frère aîné. Tout remonte à plus loin. L'origine se perd dans la nuit des temps. Mais à dix ans, je voulais que l'on cesse. Et ça l'a emmerdé. On a même arrêté d'être copain copain… Il y avait une gêne. Je me rappelle bien. On avait été trop proches. Et puis cette gémellité imaginaire, ce conte à quatre sous, cette histoire à l'eau de rose m'oppressait beaucoup. De là vient tout le mal. Je voulais me dégager, briser le carcan serré de la fraternité. Quant à la pureté, les enfants n'en ont guère. Très vite, il sont torturés de s'être trituré les organes les uns les autres. Ils n'y pensent pas durant la journée, tout de même. Ça va, ça vient, le désir. Une de ces cochonneries. On s'habitue très vite à la déchéance humaine… Je portais en moi la cassure. Mais je la traînais solo. Et pas avec Florent, mon jumeau arraché à même ma chair vive. Je voulais me défaire de cette sangsue-là. J'y réussis tout de même, mais il m'en a voulu. Cela l'a un peu bousillé, cette affaire, il faut avouer... Quand il pouvait me faire une crasse, il me salopait la vie, il me torchait le portrait à tous ses petits amis. L'adolescence fut frondeuse. Les coups volaient bien bas. Il me traitait de gouine. Je ne le niais pas. Il est vrai que je l'étais souvent, mais aussi que j'expérimentais tout ce qui est vivant. Alors, l'inceste, j'en avais bien soupé et même plein les bottes... Terminé ! Basta ! Je crois avoir donné... À d'autres de se le taper ! Voilà ce que je me disais, tout haut et puis moins fort. Dans la ruelle sordide et sur les grands boulevards. Les frères nous pompent l'air. Ils nous emmerdent raide. Si on se laissait faire, on serait juste leur chose. Vers dix ans, j'ai rué dans les brancards, je me suis rebiffée. J'avais envie de penser un peu à moi. Les minoucheries de Florent, ses amourachades et puis aussi ses colères, ses crises de possession, ses effusions ombrageuses, ses envies de m'embastiller dans la famille violette, je ne pouvais plus les blairer. J'avais envie de gerber quand il me donnait rendez-vous pour le soir en ricanant. Je pense bien que c'est sa barbe, son pubis poilu, sa moustache ténue qui m'ont poussée à en finir. Je le trouvais repoussant. Un vrai cageot fait homme. Cela devenait impératif : il fallait que ça cesse. Ma porte eut un verrou argent qui rutilait. J'ai retrouvé mon lit. Comme j'ai aimé ma chambre ! La douceur de mes draps et de mes doigts sur moi. L'enfant en moi était mort. Adios, la pitchounette ! Je n'avais plus à cirer les bottes de mon frère aîné ni à lui tailler mollement une pipe dans la nuit, au clair de lune. Je ne crois pas que les marmots vivent les choses autrement. Qu'on le veuille ou non, le temps avance à la va comme je te pousse. Une vraie foire d'empoigne... On prend ce qui passe et même ce qui passe difficilement. On se fait une idée. Et puis il n'y a pas que ça. J'avais des moments libres. Je me foutais toute nue dans le jardin parfois, je dansais la carmagnole, une polka endiablée, je toupinais et puis, tout à coup, je tombais comme un sac de patates. Et vlan, je me mettais les fesses dans la terre, je me vissais le cul au sol en le trémoussant en tout sens. J'essayais de me remplir le vagin, l'anus de terre un peu humide. Un vrai plaisir ! La terre noire et fraîche est beaucoup mieux que mon frère. Parfois, bien sûr, quelque araignée dodue se précipitait sur moi. Je me mettais à crier, ma mère arrivait. Elle ne demandait rien. Elle riait de bon cœur et pensait que je voulais me planter dans le terreau comme un petit arbre blanc, virginal, si pur. Après mes fièvres incestueuses, je continuai quelques années à copuler dans le jardin, à me faire sodomiser par l'humus ou la terra rossa, ou la merde boueuse d'un printemps bien tardif. Puis je partageai cet éden avec camarades de fortune et petites gueules d'amour.

Mon frère ne fut plus grand-chose, à peine un souvenir. Je ne sais presque rien de la suite du monde, des ébats sexuels de ce sacré Florent. Il prit de la drogue. Il goûta à tout : il en avait bien l'air. Une amie me le dit, un de nos jours de défonce, un jour de beuverie et de jardin fangeux. Le cerveau de Florent a dû en prendre un coup. Il s'est brûlé quelques cellules. À mon avis, les plus importantes. Il y a quelque chose en lui qui déconne sévère. Après son départ, j'appris aussi, au fil du temps de l'adolescence, ses extravagances et ses divagations. Son cinéma de jeunesse. Il fréquentait dans la famille de son père, à Québec, une fille démente : Blanche Comtois. Elle avait perdu la boule et prétendait être l'Immaculée Conception. Il paraît que c'est mon frère qui l'avait engrossée. Mais on n'en est pas très sûrs, surtout que la Comtois se masturbait en se caressant les seins sur le perron tout l'été. Elle poussait de grands cris. Florent avait aimé. Un dimanche matin, il l'avait abordée. Deux larrons en foire. Mais bon, elle dut vite avorter. Et mon frère, Gros-Jean comme devant, se rabattit sur ses propres cousines, du côté de son père. Aucun lien avec moi. La parenté s'arrête là. Après, je ne sais plus. Des rumeurs, des on-dit, un petit bruit de fond. On m'a juré qu'il était aussi homosexuel. Est-ce que c'est même vrai ? Quelqu'un de méchant m'a lancé cela, un garçon dont je ne voulais pas, dont je ne voulais plus et qui me traitait de gouine. *C'est dans vos gènes tout ça,* et de me parler de mon frère qui se serait rué sur lui, un soir de loups-garous. Mais je ne sais rien de plus. Et je ne voulais pas savoir. Les choses ont viré à l'aigre. Florent et moi, cela n'allait plus du tout. On se regardait avec méfiance. Je ne pouvais plus l'encadrer… Parfois, de temps à autre, une conversation, une réminiscence de notre complicité. Mais cela ne durait pas, cela collapsait rapidement, cela tournait vite de l'œil. Pas moyen de réanimer le cadavre de l'enfance. Pas moyen de reprendre là où l'on s'était laissés. Des incestueux comme nous, ce n'est pas monnaie courante. Des faux jumeaux qui s'accouplent, il n'y en a pas des tonnes. Mais je ne pense pas que c'est l'exception, le rare, l'accidentel. On nous fait chier aujourd'hui avec tous les malheurs sexuels de Sophie, d'Isabelle, de Flore et de Florent. Inutile de sortir les mouchoirs. Ma tristesse ne vient pas de là. Elle est née avant moi. Et même avant mon frère. Évidemment, je ne le laisse pas seul avec Rose, cet enfoiré. Il y a toujours du monde, des gens qui le surveillent, des amis qui l'adorent. Je ne cours pas après les ennuis. Je suis même sur mes gardes. Je veux pour ma Rose une enfance moins morose. Mais je ne m'en prends à personne et je ne regrette rien. Si Florent m'a fait mal, c'est à cause des cloches qui sonnent, sonnent et surtout des trains. De Chicago, USA, de la folie qu'il m'a dérobée, qu'il a faite bien sienne. Je n'avais plus rien dans la tête, sauf ce tchoutchoutchou sans fin, un long sifflement, un acouphène persistant qui fait que j'ai gueulé toute ma vie pour le couvrir. Il fallait que je hurle pour ne pas l'entendre, crier contre tout le monde, m'époumoner, bramer. J'avais l'impression que Florent m'avait fauché le sens de tous ces bruits pourris qui me sabotaient le cerveau. Tchoutchoutchou dans ma tête, et puis j'oubliais pourquoi… Un rythme, une cadence, une précipitation… La guerre qui vrombit, qui bourdonne encéphaliquement. Le crâne en compote, le cortex endommagé. Une locomotive m'est entrée un jour sous le caillou, et puis elle n'est plus ressortie. Il a fallu que je fasse diversion pour ne pas devenir folle. La vitupération, la fulmination, la grogne. Un raffut du tonnerre pour ne pas même m'entendre. J'ai craché sur tout le monde et sur moi-même avec. À force d'expectorer, j'avais les poumons las et la ptyaline rare. Pendant trente années, j'ai traîné un peu partout ma hargne, ma colère, mon mécontentement. J'ai aussi baladé ma grande indifférence. Celle pour un frère fugueur que je n'ai plus revu. Et puis le frère revient et l'enfance me refait signe. Pas l'enfance réécrite avec ma Violette, ma petite Maman à moi, mais l'enfance je-m'en-prends-plein-la-gueule-mon frère me-pue-au-nez. Il y a ma mère qui meurt et je n'ai plus qu'à changer. Et puis tenir à distance ce frère frénétique, libidineux, salace. Repousser bien au loin la folie de la famille, la déglingue tribale. L'enfance me remonte dans la gorge et je n'en ai pas envie, pas de cette petite Flore fragile, fragilette, tristounette, aux malheurs éculés. Ma mère fut à moi, mais morte, je n'en veux plus. Tu la veux, Florent ? Tu aimes bien les cadavres, les restes et même les miettes. O.K., je te la donne. Tu es revenu pour cela. Pour la prendre et reprendre. Bien, je t'en fais cadeau. Surtout, ne me rapporte pas nos amours incestueuses, notre gémellité, nos hallucinations. C'était tenu sous séquestre pendant trente courtes années. Je n'en veux pas. Tu peux tout te garder. La maison de Maman, elle est à toi, mon frère. Elle te revient. Moi, je me refuse à cela. J'ai eu mon dû et bien plus. De ma petite Maman, j'ai bien profité. Grand bonheur, en fait, que tu te sois barré... Que Dieu en soit béni et toi, remercié. L'heure est au dépouillement. Le tchoutchou qui s'éloigne dans ma tête, qui se perd au loin. Les pilules m'aident grandement à effacer ce bruit. Je rends à César ce qui lui appartient. L'embaumement du passé, le maintien de la démence. Tu géreras tout cela. Tu épousseteras le temps en brossant bien Maman. Je te refile ce legs-là. C'est ce que tu auras. Je deviens notaire. Rose me pousse au don, au pardon. Réparons la maldonne. C'est le moment des étrennes. D'accord, je t'absous de tout, d'accord on peut se voir. On se supportera, j'espère, pas trop souvent. Je me rappelle qu'enfant j'ai souhaité ma mort. Je voulais connaître le goût de ma propre pourriture. Les cabrioles, les culbutes, les bousculades charnelles, les roulés-boulés mabouls, les petits jeux sexuels, je crois que cela m'a sauvée. La vie est imparfaite, elle grouille de vers, d'arénicoles, de fourmis, de termites et de gros, gros rongeurs. Mais j'y vois aussi des larves, des chenilles chimériques, des chrysalides qui deviennent des fées clochettes toutes roses, des nymphes de rivières qui se métamorphosent, s'anamorphosent, s'explosent. Il faut s'accrocher à quelque chose. Et petite, je m'agrippais à Maman, mais aussi à Florent. À la joie, aux corps nus, aux corps chauds dans la nuit. À la sérénade nymphomane de l'enfance, à la perversion polymorphe dont parle le grand Freud. Je me permettais d'autres formes. Souvent, j'étais têtard, mais j'étais aussi buse. Je sautais comme une grenouille et je me faisais canard, peut-être vilain et petit, mais je prenais mon envol quand un chasseur méchant avançait dans mes bois. Je vivais asticot blanc, comme une mouche à merde, dans la fange, le crottin, la décomposition, mais je savais aussi être princesse au petit pois, refuser les ennuis, les choses désagréables, me prendre pour une autre, celle que j'étais aussi. L'enfance est terrible, un vrai poison violent. Je ne connais pas d'antidote. On passe tous par là. La douleur de grandir, la peur de rester pris dans les rets du petit, de l'insignifiant. Il n'y a pas de solution. La vie passe et c'est tout. Tu veux une chose, bien sûr, et puis aussi son contraire. Être aimé toute ta vie par ta mère, ta famille et décoller de là, partir au plus sacrant. Tu ne sais pas ce qui est en toi, tu vis avec le flou. Des sentiments bizarres que tu ne sais pas bien lire. L'enfance, c'est ainsi. Après on fait semblant. On prend des décisions, c'est du noir, c'est du blanc, c'est tranché, c'est rouge sang. Mais gamin, nous nous prenons la vie en pleine poire. Bong. Et les contradictions. Boum, boum. Pas moyen de décider, de dire oui ou non. Nous sommes si proches des limbes. Nous hésitons encore entre le magma derrière nous et celui qui s'étale droit devant. Les enfants se balancent entre l'en deçà et l'au-delà, entre l'ici-maintenant, et le je-ne-suis-pas-là. *C'est pas grave*, qu'elle disait la petite Catherine à ses parents. *C'est pas grave, la mort. Il y a pas longtemps, j'y étais. Et puis, vous viendrez me rejoindre bientôt. Dans maximum cent ans, nous serons réunis. Les planètes sont bien plus vieilles. Des milliards d'années. Il faut les regarder. La mort, c'est pas drôle, parce qu'on est des humains. Mais faut penser plus grand. En années-lumière, comme Dieu, comme le temps, comme les physiciens… Alors, ça va mieux, on comprend que tout ça, ça a un sens, tout de même… Faut juste le trouver.* Caroline parfois se rappelle les mots de sa petite nièce. Catherine avait promis que, morte, elle lui parlerait autrement. Que les fleurs, le vent, la mer, les petits oiseaux, les mouches viendraient lui donner des nouvelles d'elle et du grand paradis. *Tue pas les fourmis, ma tante, celles qui entrent dans ta maison et que tu extermines avec ton Easy-off. Je viendrai te voir déguisée en fourmi. Tu me prendras dans ta main. Tu me reconnaîtras.* Catherine pleurait parfois. Mais souvent elle riait. *La mort, on s'y arrêtera, quand elle sera là.* Catherine est restée une enfant pour toujours. Moi, j'ai tué petite Flore et je dois faire avec. Grandir, c'est se mettre à mort d'une façon tragique. Pas aussi dramatique que les morts dans le cercueil, les morts qui deviennent tout raides soudainement, qu'on enterre à la va-vite. Mais c'est une agonie, lente, lente, douce, douce. On l'oublie au fil du temps. Les enfants nous le rappellent. Ils sont là pour cela, n'est-ce pas ? Pour nous parler de l'avenir, du futur qui sonne toujours faux, qui résonne comme un glas, mais qui ouvre les bras. Rose, je veux que ta vie s'offre à toi, moche, godiche, empruntée. Elle est gauche, je sais, mais ce n'est pas mal aussi. Tu feras ce que tu veux de la mort-enfant. Tu décideras bien de ton propre sacrifice, de celle qui fleurira en toi pour assassiner un jour la jeunesse idéale. Moi, j'ai zigouillé très, très jeune Flore, la vierge candide. Autrement, je serais morte de tout ce pucelage. Trop lourd à porter dans un monde bien blet. J'avoue que dans ce crime j'ai été bien aidée. Je dis un grand merci ! L'enfance ne durera que ce que dure ma Rose. L'avenir est à toi, ma fille. Fais-en ce que tu veux. À Florent, je fourgue la maison. Et moi, je suis courroie, passation, transmission. Entre toi et Maman, il n'y aura que moi ! Nous formons, à nous trois, la divine Trinité !

9

La vie sonne à trois heures quinze du matin, dans la nuit, un samedi. Je lui réponds tout de suite. Je ne réfléchis même pas. Je ne sais si je l'aime, cette vie. Mais je lui réponds. C'est ainsi. Mon cuisinier est dans mon lit, les jambes enroulées autour de mon corps, à me concocter un avenir, à me faire encore du plat, à me préparer du bonheur qu'il me servira au petit-déjeuner. Ma fille est dans sa chambre, ses rêves enchevêtrés dans les miens. Les amours dorment, les amours sommeillent. Les amours prennent des forces. Elles en ont bien besoin. Que rien, surtout rien ne vienne troubler leur repos. Que les amours s'enlisent dans cet oubli nocturne. Qu'il est doux de ne pas être là… La vie sonne pourtant. Dring, dring. Je lui réponds. Allô… Allô, bien sûr. Je suis chirurgienne. Je n'ai pas le droit de dormir. Pas de sommeil pour moi. Il n'y a pas d'entracte. Les actes s'enchaînent rapido, les scènes se chevauchent. Cela fait juste continuer. Je dors les yeux ouverts. On ne sait jamais. La vie peut sonner ou encore m'assommer. Justement la v'là qui sonne. La vie sonne, elle me somme de ne pas oublier. Je suis là ! je suis là ! Il ne faut pas s'inquiéter ! Je suis déjà toute prête, bien disposée à opérer. Que l'on me donne un corps. Que j'ouvre, que je referme. Je connais mon travail, et même somnambule je sais manier l'aiguille avec dextérité. Je n'ai jamais bien dormi. Même enfant. J'ai toujours eu peur que cela sonne la nuit. Avec le décalage horaire, quelque chose pouvait arriver. En France, au matin. Cela nous aurait réveillés en pleine nuit. J'ai toujours veillé la France, toute la famille de ma mère. Ils sont morts petit à petit, doucement, en sonnant et resonnant. C'est moi qui répondais, qui réveillais Maman. De ma fabuleuse insomnie, j'ai su faire un métier. Un travail où la nuit est faite pour turbiner. Les urgences n'attendent pas. Quand il faut y aller, j'y vais. Il faut bien que quelqu'un y aille. Je ne peux pas laisser crever quelque accidenté, quelque appendicité, ou encore quelque bagarreur qu'un vieux couteau rouillé fait saigner comme un bœuf. La vie sonne, j'y vais. Je me lève illico. Je suis un bon soldat. Toujours prête au combat. Celui contre la mort. Et je gagne souvent. Alors, je réponds. Mais cette nuit, c'est terrible, ce n'est pas l'hôpital. Je ne peux même pas, en enfilant mon jean, m'insurger contre Madeleine qui devrait s'occuper de ce qui se passe en chirurgie et de mes tours de garde. Je ne peux pas la maudire en pleine nuit, la Lévesque. Elle peut ronfler en paix. Il y a bien pire. Ce n'est pas le téléphone. C'est la sonnette de la porte. Services secrets canadiens. Il y a Florent qui déconne. On dit. Des phrases que je ne comprends pas. Mais quelques mots me frappent. Le consulat d'Allemagne… Une prise d'otages… un allemand impeccable. Je n'en crois pas mes oreilles. Il veut tout faire sauter et ne demande rien. Il parle de 45 et de 14-18, de Berlin, de Hitler et du Débarquement. Cela me dit quelque chose ? Nos parents sont Allemands ? Il faut que je les suive, ces mecs très baraqués qui me bombardent de questions, qui m'enjoignent de partir avec eux et immédiatement. Est-il dangereux ? Que fait-il dans la vie ? On est déjà en route. Le suspect a lancé qu'il avait une sœur. Les interprètes traduisent. Ils trouvent du sens, trop de sens à ce qui n'en a pas. *Ma petite sœur Flore, c'est le chirurgien Forget. Et elle comprendra quand tout sautera. Elle sait.* On m'a donc trouvée. Que sais-je ? Suis-je sa complice ? La voiture roule en trombe. On va vite là-bas. On se précipite. Vroum, vroum. Je pense à Moscou. À ces femmes bombes humaines, tueuses devant la mort, le ventre gros de dynamite, enceintes de l'horreur. Je pense aux Érinyes tchétchènes, tragiques, si tragiques, qui pleuraient en imaginant qu'elles allaient faire la peau à quelques pauvres gens. Je revois ces Euménides, ces Parques vengeresses qui s'agglutinaient les unes aux autres, qui s'agloméraient dans le meurtre. Je suis hantée par ces camarades, ces cafardeuses, ces faucheuses qui, dans leurs habits noirs, avaient l'air de corbeaux, d'oiseaux de grand malheur. Elles sont à mes côtés dans la voiture bien sombre. Elles enveloppent de leurs voiles mes pensées les plus macabres. Je les entends glapir et ricaner, voraces. Elles veulent ma peau et celle de Florent. Elles veulent béqueter mes yeux et se faire mon cadavre, ces charognardes infectes. Elles ont décidé de l'heure et puis aussi de l'endroit où cela s'arrêtera pour moi et pour lui. Je les ai bien regardées un soir à la télé. Mon Dieu qu'elles m'ont fait peur avec leur cause, leurs morts. Admirables, elles étaient. Toutes prêtes à mourir et à emporter dans leur envol quelques centaines de gens. Elles avaient un devoir, quelque chose de grand. Moi, je suis de la race des traîtres. J'ai fait le deuil de toute cause. Je bricole, je bidouille. Je vis dans le médiocre. J'ai déjà craché un peu. Mais c'était il y a longtemps et c'était pas grand-chose. Des broutilles, des niaiseries. Des bricoles, des riens. Pas de théâtre russe à éventrer dans le sang, pas d'école d'enfants à éviscérer, pas de bombe sur l'estomac pour faire badaboum. Je me bats avec moi-même. Cela suffit. Alors, je les déteste, ces femmes embrigadées. Comme j'ai haï cette autre, à la télé encore, qui exhortait les siennes à envoyer des fils à une mort certaine. Elles vivent en Palestine et elles demandent justice. Oui, oui, c'est la justice et elles ont raison, la cause est authentique, il n'y a pas de doute à cela. Mais a-t-on déjà pensé qu'elles poussent leurs enfants dans l'au-delà, qu'elles les houspillent durement, les convainquent de mourir ? Ne versent pas une larme en disant adieu à ce qu'elles ont eu dans le ventre, à ce qui a poussé en elles, à ce qui est sorti, armé, ô combien cuirassé de leurs mauvaises entrailles, de leur vagin méchant ? Elles filment, un matin, des adieux solennels. Elles redonnent à Dieu ce dont il a fait cadeau. Je ne trouve pas cela poli. Je ne trouve pas cela humain. Il y a de l'assassinat. Il y a de la Médée dans l'air. Et les voilà, ces femmes qui m'entourent, m'embrassent. Je ne veux pas d'elles. Disparaissez, Pff ! Pff ! Lâchez-moi, tout de suite... Pourquoi vouloir de Flore ? Pourquoi la tourmenter ? Parce qu'elle a blasphémé et incendié Jeanne d'Arc ? Parce qu'elle abjure aujourd'hui ses vieux crachats d'antan ? Parce que le sacrifice est chose du passé ? Il est avec Maman. Enterré pour un petit bout de temps. Un vrai bon débarras, et je ne le pleure pas. La vie est bien trop forte. Je la veux. Elle repousse souvent, et à partir de rien. Je l'accepte, je la prie, la supplie de me faire croire en elle. Autour de moi, dans la bagnole qui roule à tombeau ouvert vers le consulat allemand, il y a tous ces hommes en costards, ces hommes impuissants à me rassurer. Et puis il y a ces femmes, ces choucas invisibles qui tournent, qui volètent, qui frappent sur ma tête. *Ton frère se sacrifie. Et toi, ma petite chérie ? Tu ne fais vraiment rien ? Tu acceptes donc tout ?* Des causes, je n'en ai pas. Je veux bien m'immoler, me faire sauter le caisson, me faire pétarader, signer kalachnikov, mais pour qui, mais pour quoi ? J'imagine fort mal à quoi la mort peut servir. Peut-être à faire pousser quelques fleurs de cimetière, à nourrir généreusement une terre un peu stérile. La mort est une garce et il faut lutter contre. Les corneilles voilées font tss, tss dans ma tête. *Tu vas payer, ma fille, de ne plus croire en rien. Tu vas être Antigone, rien de plus, rien de moins. Tu appelleras la mort et elle viendra enfin.* La voiture arrive. C'est une danse de phares, de barrages dans la nuit. Le consulat est encerclé. Il y a trois otages. Un garde de sécurité, une femme de ménage et puis la consule qui travaille ici la nuit. Florent pourparle, palabre, parlemente, il cause en allemand avec la police canadienne. Il leur dit que la guerre, ils doivent la regagner. Il faut encore se battre et venger la famille. Il faut débarquer là-bas, les éliminer tous. Il n'y a qu'à voir ce qu'ils ont fait aux Juifs. La méfiance est de rigueur. Il a une bombe sur lui et un détonateur, trois sulfateuses fiables et de la dynamite… Oui, oui, il est assis dessus. Il cause, cause, recause, injurie, violente. Il fait dans l'anathème et dans l'imprécation. Cela a de quoi faire peur. Mais moi, j'ai l'habitude. Je leur annonce qu'il parle français, que c'est même sa langue. Je leur dis aussi que j'ignorais vraiment qu'il connaissait si bien l'allemand. Que je veux bien lui parler au téléphone et puis aussi que je veux même entrer là-dedans. Mon frère ne me fait pas peur. Pas ainsi. Combien de fois ai-je tremblé dans ma crainte d'être lui, de devenir une folle vociférante, une voix sanguinaire qui n'articulerait plus rien de la réalité ? J'ai toujours eu si peur de me réveiller un matin, de me croire en 16 ou en 42 et de devoir jouer ma vie sous un obus allemand en vengeant les Juifs et les camps. La famille nous a volé le temps. Elle nous a légué la guerre et ce n'est pas évident… Comment oublier ce qu'on n'a pas vécu ? On appelle mon frère. Il répond presque joyeux. Il veut bien me parler. Et même en français. Je serais la seule ici qui baragouine sa langue ! *C'est bourré de Boches, ma sœur. Il faut hurler avec les loups pour se faire entendre et ils ne comprennent que l'aboiement nazi, même s'ils font semblant de saisir le français. Ah oui, ils sont malins !* Avec moi, c'est facile : *la langue maternelle.* Et il n'a pas tort. La langue de Maman, voilà ce que nous parlons et avec son accent, l'accent des années de guerre. Il est heureux de l'entendre. Pour lui, c'est un vrai bonheur. *Tu sais, après tout ce temps, ça fait quand même plaisir.* On s'est vus l'avant-veille. Il jouait avec Hervé, Rose, le chien, le chat et avec mon cuisinier roux qui chahutait, heureux. Mais il ne se rappelle pas. Il ne se souvient de rien. Ce n'est pas un Forget, ce lascar. C'est un vrai Létourneau. Une tête de linotte, une cervelle d'oiseau. Aucune mémoire des choses. Je veux dire d'hier. Il n'y a que la guerre qui l'occupe. Sacrée Occupation... Ses seuls souvenirs datent de soixante-trois ans. Il n'est pas dans ce monde. Il vient de revenir de trente années d'exil. Il espère me raconter sa vie et son passé. *Mais d'abord, le travail ! Il faut régler leur compte aux Allemands, une bonne fois. Il faut en finir.* Et c'est lui qui fera cela. Je ne connais pas la peur. Je ne l'ai jamais connue. Sauf celle de devenir dingue, de l'Allemagne, un jour, qui m'envahirait le cerveau. C'est à lui que cela arrive, cette saloperie... Ma mère a donné « ça » à ses trois enfants. Mais c'est Florent aujourd'hui qui veut détruire l'Allemagne ! Il n'en peut plus de la guerre, des victoires germaniques, des bruits d'avion, de train dans cette tête en délire... C'est lui qui a tout pris de la folie du temps. Je ne suis pas à l'abri, c'est sûr, de la dinguerie, de l'amok de la tribu, mais je n'en suis pas là. Je convaincs la police que je peux y aller. Les gars se méfient de moi : on appelle l'hôpital, on prend des renseignements, on veut savoir qui je suis. Les voilà satisfaits. Ils trouvent l'affaire risquée, mais c'est mon frère tout de même et il me veut avec lui. Il peut me kidnapper moi aussi et puis m'ouvrir la gorge. Nous sommes en 44, en France ou en Allemagne. Les policiers ne comprennent pas que c'est là son motif. Il n'a rien d'un terroriste. Mon frère est un pauvre hère et j'aurais dû lui parler, lui demander plus tôt ce qu'il avait fait ces trente dernières années. Mais je ne voulais pas savoir. Je ne voulais pas le connaître. Cela me retombe sur le nez. Voilà qui est bien fait pour moi. Je traverse les cordons policiers, les barrages humains, les barricades officielles et les dames aux voiles noirs m'accompagnent en riant. Elles me lancent des pierres, me tirent les cheveux, me pincent la peau des jambes et me mordent les joues, salopes. Elles s'en prennent à mon corps, à mon âme, à ma vie et, heureuses, m'injurient, blasphèment et griffent mon visage en jetant du sable fin à l'intérieur de mes yeux. Elles promettent le pire. Je les chasse comme des mouches. Je les tue de mes mains. Elles ne meurent même pas, glapissent et reviennent se poser sur mon esprit qu'elles violent. Je ne vous écoute pas, femmes méchantes et dures ! Je veux sauver mon frère et ces trois pauvres gens. Je n'accepte pas que la mort arrive. Et je vais lutter encore. Vous pouvez ricaner, vous bidonner, vous tordre. Vous êtes bien laides et je ne vous cède pas. J'avance vers le consulat et je ne vous écoute pas. Il y a mon frère qui m'appelle.

Il est dans le sous-sol avec les trois otages. Ils ont l'air incrédules, un peu mortifiés. *Qu'est-ce que je viens foutre là ? Je suis une complice.* Le jeune garde portugais ne comprend pas l'allemand et la femme de ménage, une petite rousse bien grasse, ne sait même pas de quoi cela retourne, cette histoire de fous. Il n'y a que la consule qui voit que Florent déconne. Mais plus celle-ci discute, plus il la croit ennemie. J'arrive, je comprends vite ce qui est en train de se passer, les enjeux, les méprises et les malentendus. Les conséquences funestes, les quiproquos tragiques, les égarements et les errances du sens. Je vais droit vers mon frère qui a l'air vraiment fêlé. À l'hôpital, j'en vois, c'est sûr, des vertes et des pas mûres et de toutes les couleurs, mais là, vraiment, je dois dire qu'il a fait fort, Florent… Il a l'air extatique. C'est une jubilation. Il doit entendre des voix et même un opéra, une musique divine. Il sourit aux anges. Il est content de lui. Il jouit bêtement de sa réussite. Pour lui, c'est un grand succès, tout ce qu'il vient de faire. Je peux être fière de Florent et toute la famille peut admirer le grandiose, le génie, le géant. Ce sont des hourras, des bravos dans sa tête. De forts bravissimos, des *encore* et *encore*… On applaudit de partout, on casse la baraque. On le porte en triomphe, on l'ovationne sans fin. Il a l'air heureux. Il est comme à son retour dans mon hall d'entrée. Il a tout fait bien. Il nous bousille la vie et le voilà joyeux. Je lui foutrais mon poing dans la gueule, si je ne me retenais pas. Je lui demande tout de go de laisser partir au moins le garde portugais et la petite femme ronde et rousse qui ne sont pas Allemands. Il dit que ce n'est pas vrai, que ce sont des trucs de Boches, des tactiques d'espions de se faire passer pour d'autres. *Tu ne sais pas comment ils sont, ces gens-là. J'ai vécu parmi eux pendant plus de vingt années. De quoi ils sont capables, tu n'imagines même pas… Les camps de concentration, c'est de la petite bière ! Mais oui, ils font bien pire ! Tu ne pourrais pas croire… Des monstres pareils, il y en a pas sur la Terre, ni même dans les livres. Je le sais, j'ai tout lu. Ils me mettaient des électrodes et allaient me jouer dans le cerveau. Sans même m'ouvrir le crâne. Comme ça, je ne pouvais pas porter plainte. Ils sont vraiment brillants. T'es chirurgienne, n'est-ce pas ? Tu sais que ce n'est pas possible. Mais là-bas, tout là-bas, y a la technologie. J'ai épousé une femme, une des leurs, une Dalida. Elle était de leur côté et moi, je lui résistais. J'ai bien compris leur jeu et le sien avec. Elle m'a fait hospitaliser, mais je n'y suis pas resté. Quelques années, pas plus. Il y aurait eu de quoi devenir dingue. Mais ils ne m'auront pas. Un autre, c'est sûr, aurait perdu la boule. Mais tu vois, il suffit de ne pas se rendre. De comprendre l'ennemi. Tu te mets à sa place, et là tu saisis tout. Voilà le travail ! Ainsi, j'ai pu savoir que la guerre n'était pas finie. Qu'ils avaient leur plan et que la destruction, c'était bien imminent. En fait, ils font semblant d'être de gros gentils, des producteurs de choucroute, des écolos sympathiques, de se dire Européens. Tout ça c'est du flan, du toc, du tape-à-l'œil. Ils continuent comme avant et les Juifs disparaissent et les jeunes s'enrôlent et vont dans les S.S. mais c'est camouflé. Ils ont de bonnes planques. Hitler n'est pas mort. Mais ce n'est pas juste lui. Cela commence bien avant. Avec Bismarck et puis tout le reste. J'ai étudié l'histoire. J'ai lu des tonnes de bouquins. Je peux penser comme eux. C'est dur, mais j'y arrive. Alors après, j'ai du mal à revenir. Ma femme là-bas a bien failli m'avoir. C'était une pétasse, une poule germaine. Kot, kot, kot, en allemand. Je me laissais prendre parfois. J'étais un pur Allemand. Je devenais méchant, dominateur, nazi. J'ai dû vraiment lutter, ruer dans les brancards et puis leurs psychiatres me droguaient. On m'injectait des doses de pensée allemande ou autrichienne. J'ai lu Kant, j'ai lu Nietzsche, Freud, Hegel, tout le monde. On me mettait de la musique. Beethoven, Mozart et tutti quanti. Cela avait du bon, je pouvais découvrir. Leurs plans diaboliques, leurs envies de revanche. C'était juste pour comprendre, juste pour être comme eux. Par moi-même, quand même, j'arrivais à me déprogrammer. Pas facile. Je suis costaud. Mais à l'hôpital, faut dire, ils étaient vraiment forts. La culture allemande, ils me l'enfonçaient dans le gosier et quand je me déprenais, il n'y avait pas de tergiversations : illico presto, la camisole de force. Les pilules, tout ça, passe encore. Mais l'ingurgitation de la philosophie n'est pas aisée. Et je pouvais pas vomir. Ils me faisaient digérer. Mon cerveau se germanisait. Plus moyen d'en sortir. J'ai obtenu in extremis mon transfert en France. En fait, je me suis enfui. Je me suis retrouvé sur le parvis de Notre-Dame-de-Paris, un samedi matin. Les flics m'ont ramassé, m'ont mis à Maison-Blanche. Une maison de santé. On appelle les choses ainsi, mais Maison-Blanche, j'aimais bien. Tu vois, cela sentait l'Amérique. Je me la jouais United States, big shot présidentiel. Les Ricains nous ont sauvés, que diable ! Même s'ils sont un peu faibles, ils croient à la rédemption, à la réunification et à toutes ces conneries. Ils veulent faire la paix, mais comment, en pleine guerre ? Faut se battre, se cogner et puis poser des bombes. Ferdinand me le demande. Ferdinand me dit d'y aller. Alors, je suis venu ici et je vois grand. Je te jure que ça va sauter. Je vais venger le mal qu'ils ont fait à Maman, et puis aussi celui infligé à Ferdinand, à Flora, à toute la Normandie, à la France entière. La jambe de Ferdinand, je veux qu'on nous la redonne, et l'Alsace-Lorraine et puis aussi les vies de pas mal de gens. Et ça, ils le peuvent. Oui, ils ont la technologie pour ressusciter les morts. T'es chirurgienne, ma sœur, mais c'est bien dépassé. En Allemagne, on n'opère plus. Je te jure, je l'ai vu. Mais ils cachent tout ce bazar. Ils n'en soufflent mot. Ils gardent ça pour eux. Les Juifs se volatilisent. Mais personne n'en parle. Chut, chut ! Au secret ! Motus et bouche cousue ! À l'hôpital de Baden-Baden, le jour, cela allait encore… Mais la nuit, ça hurlait ! Ça gueulait comme des veaux. C'étaient les Juifs, bien sûr, mais on planquait tout ça. Mensonges… Gentillesses… Des bobards ! De la salade ! Et bien assaisonnée… De minuit à quatre heures, je pouvais les entendre. On les torturait raide. Et puis le matin, fini. L'ordre reprenait le dessus. Comme si de rien n'était. Je savais ce qu'ils faisaient avec les morceaux de corps. Et la jambe de Ferdinand dans laquelle ils farfouillent. Ils m'insultaient sans cesse, ne me lâchaient même plus. Je me suis enfui, suis allé en France. Il y a eu Notre-Dame, Maison-Blanche et puis la liberté. J'allais souvent rendre visite à Ferdinand et bien fleurir Flora. Ces deux-là crient vengeance. « Il faut les mordre, les Boches. On reveut notre jambe. » Surtout que tout continue. Je veux bien laisser partir le faux garde et la rouquine, c'est d'accord, si tu veux. Mais ce sont des menteurs, il faut que tu le comprennes. Ce sont des Allemands. Ils font semblant de ne pas piger, de n'entraver que dalle, de ne saisir que couic. Ils ont appris tout ça dans la Gestapo. Du chiqué ! De l'esbroufe ! De la frime ! Une vraie pantalonnade... Oui, je veux bien les laisser partir. Et la consule avec... Virez-moi tout ce monde. Allez, ouste, qu'ils se barrent ! Partez, foutez-moi le camp ! Je leur fous des coups de pied ! Les voilà donc qui courent vers la sortie, les lâches ! Je veux simplement venger la famille, la France. Je sais ce que je vais faire, tout le monde comprendra. Tu vois le cran que j'ai, ma sœur. T'es de la même trempe. À nous deux, on refait la guerre et on la gagne, cette fois. La vérité éclate. Oui, la vérité éclatera en bouquets. Et plus de récidive... Toi-même, ma sœurette, tu en seras toute libérée. Il faudra une seconde, et alors, pff, plus personne. Ça suffit comme ça. Le vingtième siècle sera mort, et vous aurez compris. Il faut tourner la page ! C'est pernicieux, tout ça. Ça ravage l'intérieur. On est vite foutu. On appelle ça cancer. Du blabla, de la poudre aux yeux. Un truc infâme pour endormir les foules. Ce sont les Allemands qui nous irradient. On n'y voit que du feu. On est bigleux, miros, des taupes occidentales. Des faisceaux historiques. Des rayons du passé qui passent et qui repassent. On devient passoire du temps, entonnoir du vingtième siècle. Il faut me laisser faire. Vous allez tous assister à la vérité qui explose ! Vous n'en croirez pas vos yeux, ni non plus vos oreilles. Je vais me faire sauter et l'Allemagne suivra. En moi, ils ont déposé leur secret, leur trésor. Je suis l'Allemagne nazie, je suis l'horreur des trois guerres. Ils ont osé foutre ça en moi ! Je vais tout leur détruire ! Je vais leur foutre en l'air, leur Allemagne, pour de bon ! Je vais simplement frapper là où il faut que je frappe... Flore, il va falloir bientôt que tu décides. Tu restes ici et on leur montre tous les deux ensemble, ou bien tu repars et tu me laisses faire. Tu regardes seulement la vérité qui éclate. Et puis après, tu fais ce que tu as à faire. Mais ce sera fini. Nous aurons tout gagné. Tu peux faire l'Histoire avec moi, si tu veux. Je sais que t'en as bavé, toi aussi, ma Fleurette. Que les trains dans ta tête, ça sifflait aux États. Que tu avais seize ans et que tes acouphènes t'empêchaient de dormir ou même de te reposer. Les Boches, déjà, les Boches, mais on ne le savait pas ! Déjà, les rayons bleus faisaient effet sur toi. J'étais heureux ce jour-là, à Chicago, de ne pas être seul, de voir que toi aussi, ils te faisaient souffrir. Ce n'est pas généreux, mais tout de même, cela fait plaisir de voir qu'on ne délire pas ! Je suis parti peu après. J'ai fait ce que je devais faire ! Et c'est cette nuit enfin que tout va finir. Ça va se terminer ! Et vraiment en beauté… Je vais faire tout sauter ! Ça va déflagrer dur ! La germaneuserie va nous foutre la paix ! Le ciel va crever ! Bring, brang, brong ! Du tapage… un grand bruit ! Et puis après plus rien, plus de rumeur allemande. Plus ces mots dans ma tête qui vont et qui reviennent. Je leur réponds aux mots et dans leur propre langue. Je te dis que ça les méduse, ça leur fout un de ces coups. Ils s'arrêtent net. « Luder », qu'ils me disent, mais j'en ai rien à foutre. C'est leur dernier mot, la capitulation. « Luder », « Luder » et puis ils disparaissent. Je remporte une bataille, et bientôt toute la guerre. J'ai trouvé la solution et elle sera finale. Il faut que ça saute, vite, vite, que le coup soit donné. Je traverserai le ciel en chemin vers la victoire. Je serai une comète. Ça sera historique. La ritournelle allemande, qu'elle aille se faire voir chez les Grecs et qu'on l'encule à sec !*

Je me sens vraiment seule. Il chante, il délire. Je n'ai pas envie de l'écouter. Ma voix sonne toujours faux. Les femmes à mes pieds sont comme des chiennes dociles. Elles attendent un geste pour me condamner à mort. Pour m'envoyer ad patres ou même ad matres. Violette m'attend peut-être. Elles se font petites pour mieux m'avaler tout rond, me dépecer vivante et me déchiqueter. Je ne bouge pas. Les mots de mon grand frère, ce sont aussi les miens. À eux, j'échappe un peu, parce qu'il a tout raflé. Il a pris sur lui la colère, la folie. Je ne suis pas dingue. Je suis de l'autre côté. J'aurais pu… J'aurais pu être tout comme lui. Mais je ne le suis pas et je dois quitter cette glu de l'esprit, la colle du passé. De cela me déprendre, et surtout désapprendre. Détricoter le temps, défaire les comptines, faire taire : les chansons de la guerre, le râle des bombes qui éclatent, dans ma tête au matin, le son répercuté des avions allemands, des bombardiers alliés. Et puis surtout les trains. Ce bruit incessant, ce bruit incommodant que je voudrais souvent arracher de mon crâne. Même la nuit… Tchou, tchou, et ce rythme infernal de la locomotive qui va et qui avance. Les convois, les rames, les tortillards, les chemins de fer, tout cela doit disparaître de mon vocabulaire. Il faut que j'en finisse avec la guerre infecte, la langue du passé. Museler l'allemand. Bâillonner le français d'avant-guerre et puis celui juste après… Il faut que la rumeur cesse, que je me bouche les oreilles et que les mots d'aujourd'hui m'arrivent en pleine poire, me percutent la gueule et me ramènent ici et même maintenant. La vie, je ne la connais que par ce qu'on m'en a dit… Et puis aussi par tout ce qui fut tu. Le silence transmet l'essentiel. Le silence est bavard, il blablate, il cancane. Il retentit dans ma tête, comme un wagon qui file vers une destination violente et terrifiante. Je ne suis pas Florent ! Je suis Flore Forget et je dois oublier. Tirer un trait. Défaire l'écheveau de la bobine infernale, découdre la trame des jours, dégrafer le corset de l'Histoire. Que je la voie celle-ci apprendre à respirer ! Je ne suis que la fille de Violette. Et pas son premier fils. Je ne vaux pas bien cher. La vie peut m'acheter… Alors, mon cher frère, tu dois bien me comprendre : je te quitte ici dans le consulat allemand, je te laisse ici à ta rage destructrice, à ta folie pas douce qui, bien sûr, me fait mal. Mais que puis-je faire maintenant ? Et même il y a trente années ou bien disons quarante : je ne suis pas mesquine, que pouvais-je tenter ? Je sais que c'est ma faute, ma responsabilité, que si j'étais pas née, peut-être que Maman aurait compris plus tôt que tu n'allais pas bien. Qui sait... Je sais que je dois porter ce tourment éternel de n'avoir pas pu être autre chose que cette Flore-là... Mais je vais vivre avec. C'est mon destin à moi. Je n'en ai pas d'autre. Ferdinand t'appelle depuis longtemps, bien longtemps. Tu lui ressembles tant quand tu délires raide. Tu te transformes en Ferdinand. C'en est hallucinant. Du moins, sur les photos, parce qu'on ne l'a pas connu, et c'est bien cela le drame. Il te demande vengeance. Eh bien, peut-être que tu dois y aller... J'essaie de te convaincre de ne pas exécuter ce plan qui semble venir de loin, d'une guerre quelconque. Mais tu te fâches vraiment, tu hurles des mots durs ! Tu me dis Allemande et m'ordonne de partir. Je t'embrasse, mon frère, je m'approche de toi. Tu veux me repousser, mais n'y arrives pas. Tu peux nous faire sauter toi et moi, moi et toi. Je le sais... Je ne crains rien ! Je te fais mes adieux... Je te prends dans mes bras et je pleure, et je prie. Tu me repousses loin. Tu ne veux pas de moi ! Tes yeux sont ceux d'un fou. C'est bien cela que tu es. Ou peut-être juste un autre. Un homme d'un autre âge. Né en 1889, un 12 mai. Il faisait beau. Se remet-on de cela ? Et si on en guérit, on refile le mal à un petit-fils innocent qui devient vite fou. Tu es Ferdinand Hubert et je suis ta petite-fille. Je te dis adieu, mon frère, toi que je n'aimais pas. Je n'ai même pas essayé. C'est ainsi et je suis fautive. J'avais peur d'être happée par toi, Vésuve maboul, engloutisseur de vies. Tu m'aurais recrachée dans une de tes furies. J'aurais été projetée de ta béance tarasque. J'étais terrifiée d'être celle qui, comme toi, hurle dans la nuit, sans trop savoir pourquoi. Moi, la nuit, on m'appelle et je vole au secours de ceux qui en ont besoin, de ceux que je peux coudre. J'ai voulu me démarquer de notre ressemblance. Violette gémellipare, voilà ce que je pensais d'elle. Maman a créé deux fous, deux monstres, deux hybrides, deux ignominies. D'accouplements illicites, elle a conçu deux méchantes fleurs carnivores. Flore et Florent. Cela commence bien mal ! Nous sommes des droséracées, des dionées, des rossolis sauvages. Nous nous entre-bouffons, toi et moi, mine de rien, et je dois te dire que maintenant je ne veux plus... J'en ai assez de tous ces incestes chimériques, de ces copulations atroces, imaginaires. Je ne suis pas Flora. En mon nom, je la châtre, je lui arrache la fleur. Celle de la victoire. J'emporte le combat pour mieux y renoncer. Je ne suis pas Antigone. Tu feras comme tu peux. Je m'en vais ! Flore n'est pas encore née. C'est la guerre pour toi. Ton corps démembré, amputé d'une jambe fictive, tu en fais ce que tu veux. Je m'en vais, Florent, et je te laisse mes chiennes. Ces femmes au voile noir qui veulent un sacrifice, une cause, de l'histoire pour mieux jouir du passé sur lequel elles frottent leurs vagins bien lubriques, leurs âmes malheureuses de n'être pas soldats ! C'est cela, oui, précisément cela ! Je ne suis pas fantassin, marin, parachutiste. Je n'aurais pas voulu mourir à la Grande Guerre. J'y serais peut-être allée, mais la mort dans l'âme... Et je serais tombée amoureuse de quelque bel Allemand. Que veux-tu, je suis faible... Mais ma tête rasée sur la place publique ne me terrifie pas. Flora m'aurait dénoncée au sortir de la guerre. Je ne suis pas la France, je ne suis que moi. Je suis l'Américaine, celle du Nord, la fille de la neige. Les fleurs ici sont rares, la saison est bien courte. Moi, j'aime les froids pays où la guerre résonna sans venir meurtrir le sol de tous les coups portés. Ici, ce n'est pas vierge, ici, ce n'est pas pur. Sur cette terre, il y a eu quelques guerres ignobles qui se livrent encore, mais tout de même, c'est ici que je peux oublier parfois le passé. À chaque carrefour, je n'ai pas à lire qu'un jeune homme fut zigouillé lâchement sur le trottoir. Le temps dans le Nouveau Monde est un peu différent. L'Europe est pour moi décatie, bien flétrie. J'oublie en petits morceaux, en fragments imparfaits. Il y a en moi comme des trous, des plages de pensée pas encore habitées. Je choisis mon camp, celui de la vie conne. De la vie gaillarde. La bêtise ne me fait pas peur. Et j'en ai bien besoin. J'en reprendrai au dessert et je serai reconnaissante. Alors, les garces noires, les femmes des grandes causes, les furies, tristes tragiques, vous qui me turlupinez, me triturez la tête, cessez d'aboyer vers moi ! Je n'entends plus vos cris, vos tintinnabuleries, vos petits hi, hi, hi sordides. Vos airs de circonstance et vos exhortations à une haine farouche me laissent de marbre. Avec vos turlutaines, ne croyez plus m'atteindre ! Vos rengaines s'éculent, je vous chasse, vassales ! Du revers de la main, je vous envoie au diable ! C'est de là que vous venez. Retournez-y crever ! Eh bien, que votre meute y coure... Foutaise que vos paroles ! Balivernes, vos dires ! Votre corps barricadé, encarcané dans la pose des femmes, je ne veux même pas le regarder partir. Disparaissez, marathoniennes impavides, inhumaines créatures ! Vous sentez le pipi, le rance, le pourri. Je vous ressemble trop pour ne pas vous haïr... Je suis trop votre semblable pour ne pas vous souhaiter le pire ! Dieu sait qui j'aurais tué, si j'étais née ailleurs. Mais je suis d'ici et je m'accroche à ce radeau de la Méduse. On galère, c'est sûr. L'épouvante n'est pas loin. On la sent bien palpable. Il n'y a pas d'abri. Un jour, on ne sait jamais... La guerre éclate partout. La haine est transportable. C'est inouï comme ce monde éclopé flirte allégrement avec sa perte. Mais aujourd'hui existe et j'ai envie de vivre... De prendre ma Rose dans mes bras, la soulever de terre, de m'envoyer en l'air avec mon cuisinier, retomber du septième ciel pour m'aplatir comme une crêpe dans un lit, à ses côtés. Son cou sent le chocolat qu'il prépare dans la journée. Peut-on imaginer un délice pareil ? Je vous balance, Érinyes, râleuses, enragées ! Suivez au pas de guerre d'autres corbillards amers ! Je vous laisse à mon frère, à l'Allemagne, à l'horreur ! Je vous laisse la machine à écrire du passé. Je garde les pages blanches. Rose y dessinera. Je quitte le sous-sol du consulat en ne me retournant pas. Mon frère pourrait me tuer. Mais je n'ai pas eu lieu. Je ne suis pas sa sœur. Je ne suis rien pour lui. Il fait de l'ecmnésie. Ma naissance est à venir. La guerre n'est pas finie. Je retourne dans mon temps, celui qui est devant moi. Cela me fouette le sang de savoir que j'existe. Les sales bonnes femmes noires, je les ai médusées. Elles sont restées coites avec mon frère fou. Je traverse les barricades, les barrières, les murs. Les policiers se ruent sur moi ! Il faut se barrer dare-dare ! Mon frère se fait sauter et le consulat avec... Il n'y a rien à faire maintenant. Juste apprendre à courir. Et ça saute... Bong. Bong. Bring. Bring. Frr. Ffr. Fffr... Désastre et libération ! Ça éclate de partout ! Je sens même la chaleur qui monte sur mes cuisses. Je cours... Ça me rattrape ! Mes oreilles bourdonnent ! Je crois bien que j'ai les tympans crevés ! Je le hais, ce salaud, de me faire vivre la guerre, v'là les bombardements et le bruit des combats ! Ce loustic, il m'aura vraiment fait suer jusqu'au bout... Boum, boum... Ça continue. Il ne s'arrête pas ! Mais je suis déjà loin.

Je me retourne, étourdie, complètement sonnée. Je ne vois qu'un grand feu, et des choses de l'azur. Les grands voiles déchiquetés se trémoussent dans le ciel et l'assombrissent un temps. Puis cela saute encore ! Et il n'y a plus rien ! Prgg ! Vrommb... Ça finit. Une pause soudain comme un hurlement terrible. Ce n'est que le silence qui vient d'être torturé... Mon frère est mort, c'est sûr, et ces femmes avec lui.

V'là les sirènes de la vie qui commencent leur chant. Pin-pon, pin-pon ! Les pompiers se la ramènent. Je ne sais plus où je suis, mais la guerre finalement m'a pété à la gueule. Il fallait que je la vive. Bien, maintenant. C'est fait. J'y ai même perdu un frère. C'est ainsi, que voulez-vous… Maman, pardonne-moi de ne pas l'avoir sauvé. J'ai pensé juste à moi, comme toi, cette nuit-là où tu décidas que pour toi, c'était fini, que la mort était tienne. J'ai envie de pleurer, mais les larmes ne viennent pas. La guerre, c'est terrible, mais on s'habitue vite… L'horreur est familière dès la première fois. Un ogre qui nous bouffe immédiatement le cœur. L'intelligence fout le camp. Tout est question de survie. S'il y a quelque chose qui grouille encore, un sentiment pas mort, on prend vite un fusil, on l'achève rudement. Mon frère a fait sauter, lui, l'Allemagne, les guerres. Pas étonnant ce tintouin qui m'arrache les oreilles. Il y a des choses qui crèvent, qui lâchent tous leurs vents. Le temps si constipé a percé sa grosse panse. Ça s'éjecte, se déjecte, ça s'exhale bruyamment. Un estomac se vide, les tripes de l'histoire ! C'est une puanteur, une vraie pestilence ! Comme les saintes, j'hallucine les odeurs des batailles, celles putrides des dieux et des Érinyes en charpie. Le siècle a déféqué. Un soulagement. Mon frère meurt, ce n'est pas drôle, mais c'est ma guérison ! Le sifflement des trains ne voudra plus rien dire ou me rappellera que je pars en voyage, que la mer s'ouvre pour moi, que les plages se font tendres. Je prends le train pour le bonheur. Il paraît qu'il existe, celui-là. Je prends le train en train. Je suis un peu en retard. À quarante-cinq ans, je dois courir mieux qu'une autre. Alors, me voici, je monte… Il y a des wagons joyeux où le train fait tchou, tchou, et ce n'est pas plus mal. La télé veut que je parle, les caméras me braquent. Une déclaration, un discours, des mots ! Que voulait-il, Létourneau ? Je n'ai rien à déclarer.

J'attends l'armistice… Ils peuvent toujours broder sur ma tête hirsute, mon air très bousillé, sur mon corps qui tremble sans trop savoir pourquoi. Je viens de vivre la guerre, pour la dernière fois. Elle est bien achevée. En tout cas, la deuxième. Bientôt, ils seront tous morts, il n'y aura plus de témoins. Et les hantés de l'histoire se font sauter le caisson. J'ai hâte qu'on en finisse avec ces célébrations, ces commémorations à tire-larigot. Il y a aussi les morts à venir, ceux dont on ne parle pas. Le présent bâille d'ennui. Il faut lui faire savoir que le malheur est là. Il y a juste à tendre les bras. *Faudrait une autre guerre pour qu'on oublie celle-là.* Mon grand-oncle Raymond ne disait que des conneries. Des trucs vraiment jobards qui ne font même pas rire. Les bourdes, les boulettes, celui-là, il les accumulait. À la queue leu leu, elles sortaient de sa bouche. Je vais t'en faire, moi, une guerre ! Tu trouves pas que cela suffit ? Qu'on en a eu plein le cul ? Les journalistes m'assaillent. Ils sont déjà sur le coup et ont dû appeler l'hosto pour connaître mon pedigree. Je me demande ce que Madeleine fera de cette affaire. Elle se retrouvera, pour sûr, dans quelques jours en première page, quand on cherchera encore à faire mousser les choses. La poussière sera retombée, il faudra réanimer le cadavre ! Je n'ai rien à dire. Je me refuse à tout. La police m'interrogera des heures et des heures. Je n'aurai rien à raconter. Ils cloront vite l'affaire. *C'était un forcené… Sa mère venait de mourir… Il est devenu dingue… Il l'était même déjà. Sa sœur est chirurgienne, elle aurait dû le faire enfermer, vous ne trouvez pas ?* Les cordonniers vraiment sont les plus mal chaussés. Mon frère, chair de Violette, mon cher frère que je n'aimais pas, comment te dire enfin que tu te sacrifies ? Que c'est moi un jour qui aurais fait sauter Flore et puis la planète pour faire taire les bruits ? Dans les familles, il y en a toujours un qui écope, qui en bave, qui trinque, qui va au front, en première ligne pour toute la parenté. Il s'en prend plein la poire. Il se fait éclater la tête, pour toute sa fratrie… Tu étais celui-là. J'étais aussi celle-là. Mais v'là que tu as tout raflé et je te dis merci. Ta mort m'aidera à m'en sortir un peu. Pas indemne, mais brisée, éreintée, tremblante de détresse. Aujourd'hui, j'apprends que j'existe, j'apprends que le monde est là et je lui dis : … me voilà !

10

Aujourd'hui, c'est Bloomsday. Nous sommes le 16 juin. Et le monde refleurit. Et le monde s'ébroue. Cela bloome, ça boumeboume, ça bourgeonne, ça éclôt. C'est jour de déhiscence. Les insectes vrombissent. Ils jouent aux avions et les fleurs s'éclatent, elles pètent de bonheur. Il fait beau, l'air jouit, l'air râle de plaisir et pousse de petits cris. Sur le parvis de l'église, les enfants jouent à cache-cache. Rose a une robe lilas à petites fleurs blanches, une robe que Violette lui avait achetée quand elle n'était même pas encore née ! *Ce sera pour plus tard. Tu verras, le temps passe vite, pas le temps de se retourner, et puis elle aura quatre ans… Et vingt ans, vite fait !* Cette enfant est si belle ! On chuchote sur son passage. On se pousse du coude. On ricane, joyeux. *Regarde cette petite. On dirait une poupée. Une vraie merveille.* Cela sent la naissance, l'avenir, le chaud, le lait bien, bien sucré. On en raffolerait ! L'église est déjà pleine, des amis, des parents, des visages nombreux qui gazouillent, qui parlent et oublient tout de suite de quoi. Ce sera une grande fête. Une belle cérémonie. Il n'y en a que pour les fleurs. Partout, sur toutes les bouches. Des extravagances, du faste, de l'étalage. Des fleurs mauves, des violettes, des lilas, des pourpres. Un camaïeu violacé recouvre les marches, la grande nef et puis les bas-côtés. C'est une orgie de couleurs, un poème chamarré. À l'entrée de l'église, un trépied porte une grande affiche : « Si la vie est un passage, sur ce passage au moins semons des fleurs ». Le public apprécie grandement ces mots de Montaigne. Il en ferait sa devise. Il en frapperait son blason. Le public est béat. Inutile de le dire.

Les invités montent les marches et s'arrêtent un moment pour lire ce petit oracle. Ils rigolent, gênés, se lancent des œillades timides, anodines. Ils n'osent commenter. Quelque chose les retient... Il ne faut pas faire attention, les gens avancent toujours dans une sorte de retrait. Un quant-à-soi méfiant. Une espèce de quarantaine. Jamais dans la mêlée, ils préfèrent la distance tiédasse, le recul sûr... On ne va pas les changer. Ou alors, peut-être, oui, juste pour aujourd'hui...

C'est Bloomsday, sacrebleu, que la fête commence... Les fleurs, comme elles guinchent ! Elles ont l'air de danseuses, de petits rats en tutu sur lesquelles on badine. Les gamins en piquent quelques-unes et se font engueuler. Mais ils n'en ont cure. Les semonces, ils connaissent. L'enfance est faite de cela. De bravades, de défis et d'oreilles qui se bouchent, qui refusent d'entendre le brouhaha des grands. Les mômes participent donc à la farandole florale, au ballet des odeurs, capiteux, entêtant.

On attend, on attend. Quelque chose se prépare. La cérémonie doit commencer sous peu. Mais on sait déjà que l'on accuse du retard... On dénonce le prêtre, critique l'organiste, enguirlande en silence les célébrés. L'ambiance est celle d'une féria. Une course effrénée de jeunes taureaux lâchés, quelques mises à mort, quelques exécutions sommaires et peut-être aussi quelques incidents de parcours ou quelques assassinats. Le souffle de la journée se fait insistant... Il y a dans l'air un petit tas de foutre, quelque chose de bien gluant, de visqueux, de suggestif... Une glaire lubrifiante émane du plaisir d'un soleil bien cochon sur les peaux des convives. Les corps sont heureux, fort surexcités. Les hanches se balancent, elles ont l'air goguenardes, mais aussi impatientes de ce qui ne se conclut pas. Des mains se font éventail. Les ailes de la fête. Cela bat doucement et puis de plus en plus vite. Oiseaux-mouches, colibris font vibrer l'atmosphère. La chaleur s'étend. Les sexes ulcérés se gonflent, se gorgent de sang ou deviennent humides. Les cuisses ont très chaud, les croupes s'arcboutent, nerveusement parlantes. Les cierges dans l'église coulent religieusement. Ils n'éclairent rien d'autre que l'envie de s'abandonner. Le soleil est si fort, il fait rutiler les vitraux. Les guirlandes, des couronnes se font même des mamours. L'heure est avide. Un vrai gros fruit charnu. Les hôtes se demandent comment se soulager. Les filles minaudent, s'échauffent. Que ce petit vent serait doux sur nos seins, sur nos vulves… Que cela ferait du bien, la caresse de la pluie… Des pointes apparaîtraient comme des fleurs qui cherchent à percer. Les hommes dénouent les cravates qui pendent suggestives. On transpire franchement, cela sent presque le rut. Les enfants pleurent parfois. Quelques mères les giflent. Les garçons aux garçons enlèvent leur veston. Leurs fesses rebondies s'enflent dans la chaleur. Les filles aux filles s'embrassent, se tripotent. On ne fait pas attention. Un sacrilège, voilà ce qu'on appelle. Un blasphème, une injure ! Que le ciel éjacule, qu'il nous soulage de l'air, de la folie de l'heure, qui s'agite toute seule, qui remue du croupion. On veut la délivrance. Que cela commence, enfin ! De grandes orgues, une procession ! On chantera de concert, on entonnera un lied, on pourra même pleurer, secréter pleinement. L'angoisse est palpable. Certains cherchent des toilettes. Des ventres se nouent, se plient, se vident et se contractent. La maison du curé attenant à l'église accueille les plus pressés, ceux qui se tortillent d'envie, ceux qui vont exploser. Leurs muscles se durcissent, se tendent, imposent un nouveau rythme. Jouissance basse du ventre, dans l'espoir d'orgasmes. La cérémonie est salope. Une garce finie. Elle taraude les esprits, éperonne les organes. Les fleurs se font aguicheuses, elles tarabustent les corsages, elles flirtent avec les guimpes et les décolletés, se faufilent dans les peignes, les cheveux, les toisons. Elles se multiplient en un prodige infini. Elles habillent les hommes, les femmes réunis, elles s'enchevêtrent à eux, les ligotent, les outragent. Les voilà tous menottés. L'assemblée est enchaînée. Les chaussures deviennent petites, les pieds ont des stigmates, leur bouffissure éclate dans le cuir des godasses. On se dandine en cadence. La chaleur est pouffiasse et le soleil, lubrique. L'herbe crisse, elle se tortille dans des poses phalliques. Une fête dionysiaque, en plein jour, c'est troublant ! On aimerait la pénombre, le frais, les petits secrets. Le désir dans la lumière monte en grosses bouffées. Orgie de la nature. Un accouplement monstrueux entre l'humain et le végétal. L'église aujourd'hui se branle. Elle s'agite frénétiquement. Ses mouvements se font insistants et deviennent infâmes. Mais la volupté ne se donne pas. On attend, on attend. Le plaisir est une vague qui ne se repose pas. Des jeunes femmes, vêtues de blanc, distribuent des oranges et des fleurs d'oranger. Leurs seins sont lourds, comme des fruits que les arbres retiennent.

Au milieu de cette assemblée, dans un costume violet, un cuisinier se trouble. Sur le parvis de l'église, le voilà qui prend racine. Il pousse, se fait immense, son tronc se fait géant. Et puis l'été le ravit, des fleurs en lui s'ouvrent à l'improviste. Un poète ici saurait déchiffrer les signes du destin. Il pourrait cueillir dans la journée qui s'offre, l'après-midi languissant, la substance de l'avenir et effeuiller la marguerite du temps pour nous apprendre ce qu'il adviendra de nous tous. Mais ici, les aèdes se font rares. Comme Hervé, à la foule en délire, ils ne se mêlent pas. Espèce en voie de disparition, on ne les trouve qu'en serres ou dans de vieilles écoles. Il vaut mieux donc les oublier… Seul est un cuisinier en violet, en aubergine. Il est plein de fleurs qui éclatent en lui. Les signes, il les fait sauter, les flambe au porto, les accommode doucement, les propose en plats aux hôtes affamés, en quête de sens. Est-ce que ça va bientôt commencer ? Qu'on en finisse enfin de cette bouffonnerie ! Un frisson lourd au loin. Le bruit de la musique. Tout à coup, les enfants deviennent graves. Un rituel s'initie. Les gamins connaissent mieux que les adultes les gestes à oser, l'apparat à déployer, le jeu et tout le faste. Une voiture noire s'avance lentement. Elle a l'air bien triste dans l'air jaune et rieur. C'est une tache du jour, une envie, un nævus. Avec elle, un cortège, une file de marcheurs qui suivent en souriant la carriole obscène. Les gens portent des fleurs, ils ont l'air de bouquets. Les enfants sont ivres de l'attente, mais ils ne bronchent pas et saluent le défilé en s'inclinant bien bas. La voiture s'arrête, juste devant l'église. Des anges se bousculent et dévalent les quelques marches. Leurs ailes en soufflетant l'air permettent à la foule agglutinée de respirer un peu. Le silence est merveille. Qui de cette auto noire surgira ? Une mariée virginale à la fleur convoitée ? Une sainte roulure qui sera aujourd'hui, en ces lieux bénis, une canonisée ? Ou encore une morte très pâle et trop endimanchée ? Le cuisinier, lui, sait. Il s'avance sans hésiter vers sa bien-aimée. Sa queue comme une grosse tige se fait liane, s'enroule. Une treille et ses grappes uniques, colossales, couvrent toute l'assemblée, prolifèrent, foisonnent. Tout le public est pris dans l'entrelacs des pampres de ce beau garçon-là. Un gaillard, une sacrée plante à la hampe prometteuse ! Voilà que la société se vrille, s'embobine, se noue. Elle est entremêlée à l'envie de cet homme. On sort de la voiture. Ce n'est qu'un tatouage, des fleurs, toujours des fleurs ! Une violette, une rose se dessinent sous un voile de pétales exubérants… Les pieds sont nus, touchants. Fragiles comme de petits bulbes. La mariée est une fleur d'une espèce nouvelle. Autour d'elle s'enroulent des pieds de gaze rose. Où a-t-elle pu pousser ? De quel fumier vient-elle ? Les anges se reproduisent pendant qu'elle s'aventure dans une foule muette, attelée à la jouissance haletante de ce beau cuisinier. Il faut l'imaginer comme une fleur carnivore, une plante rampante, grimpante, arborescente qui vivra fourragère. C'est mon mariage, dit-on. Ma première communion. Mon baptême. Ma circoncision… C'est mon enterrement ! La mort se fait sexuelle. Elle m'aguiche, me drague. Je vais à mes obsèques. J'épouse mon cuisiner. Il m'attend sur le parvis. Suis-je vive ? trépassée ? fleurie ? fanée ? épanouie ? étiolée ? Je ne suis qu'une fleur, une vivace, pas une annuelle. Je fleuris, je refleuris et je ne sais comment. On me coupe, je repars, je remets cela de plus belle. Une pieuvre florale, aux tentacules spontanés. La nature est immonde, mais elle vit en moi. Germination, éruption, élan. Je sors de la voiture. Ça croît, ça pousse, ça gicle en gerbes. Je suis soudain mise en présence du lieu même où le monde explose. Le miracle aura lieu, je le sens dans ma corolle, en ma fente vulvaire. Les lianes me pénètrent. Elles se faufilent dans mon ventre. Ma transformation commence par mes organes. Ils sont dans la ferveur de ma dernière fois… Mes cheveux n'arrêtent plus, ils ondulent en boucles, se marient en torsades. Quelques pas… Je vais défaillir. Le bonheur est si grand. Si j'assistais à mon mariage, ce serait aussi une préfiguration de mes funérailles fleuries. Mais si cette cérémonie est pour moi la dernière, celle où j'irai en terre, où je me planterai pour de bon, elle ressemble beaucoup à de grandes épousailles. Mes noces cosmonautes avec le grand Tout.

Je progresse, le chemin est ardu. De la voiture à la nef, le raidillon est traître. Je suis la déchaussée, la carmélite aux taconeos. Je martèle le sol, je piétine les ronces, les orties, les épines, les sucs et les sèves sourdent dans mes vaisseaux. Comme un hélianthe gravide, je me tourne vers le soleil. Il est jaune et violet. Il danse dans sa lumière. Arrivée à l'autel, je m'agenouille lentement. J'attends les sacrements. La grande bénédiction. L'onction à même ma sève. La tête penchée légèrement en avant, doucement, je me transfigure : phléole, iris irradiant, orchidée épiphyte, rose de Jéricho, violette parmesane, *soleil noir, mélancolique, cresson bleu, glaïeul fauve, divin laurier, hyacinthe, myrte à l'adorable éclair, blanc lys, petit bouquet de myrrhe. Comme un lys entre les ronces,* me voici. Je suis un jardin d'Orient, un florilège des jours. La grande anthologie des mots qui font la fête, la flore mémorielle. Je me souviens de tout. Des heures passées armées et désarmées, des nuits qui pleuraient, grelottant de douleur. La souvenance est fête. Elle fleure dans la tête. Elle a l'arôme immortel de nos impuretés. Je ne commémore plus. Ma chair même est passé. J'ai grandi avec l'engrais de l'histoire défunte. Grâce au purot fétide de l'horreur mémorable. C'est en moi maintenant comme une joie qui sculpte le présent. Le temps n'est pas perdu. En moi, il s'introduit, se développe, se reproduit. Ma tête est inclinée, ma pudeur intacte. *Hosanna au plus haut des cieux.* Un cantique s'élève : *Une odeur s'impose, c'est ton nom.* La cérémonie commence. Mon amour est diamant, émeraude, cristal. Te voici, mon amour, si élégant, si doux. Te voici, mon amour, toi qui vas faire passer quelque futur en moi. Je ne relève pas la tête. Je dois capituler. Laisser le vingtième siècle vivre dans mon calice. Ici, je me fais lit où se couche le futur, où se vautre l'éternel. Je suis malade d'amour, dans la fièvre des temps. Mais je ne bronche pas. Je suis fille de fleurs avec et sans épines. On ne choisit pas son espèce. On la porte en bijou, comme un talisman chaste qui brille dans le feuillage. Je suis une pensée pure, noble, qui porte en elle la lumière des mortels vaincus. Je connais beaucoup de morts. Ils fleurissent en moi. Dans mon corps, ils prolifèrent, se font ma progéniture. Ils sont devenus fleurs, très souvent ils se fanent, mais je les vois repousser. Je m'en fais des bouquets. Dans la mort, ils creusent la terre, ces géraniums coriaces, ces grands lys de Cana qui se balancent, vulgaires, et se dressent, audacieux sur les charniers boueux.

Ma tête est avancée. J'attends donc mon verdict. Je dirai oui à tout, à mon amour gracieux, à ma fille vorace de sa vie qui se déploie, aux heures installées dans mon sein bien fertile. Sur le billot, il y a mille fleurs, sans tige, décapitées. Je dépose ma tête. Fleur parmi les fleurs. L'assemblée est muette. Émue. Les séraphins livides. On tremble un peu pour moi. C'est ma mort. Le prêtre ne dit plus rien. *Dieu, mon Dieu, que ta volonté soit faite.* Et dans l'église malade de l'odeur des âmes, des effluves voluptueux de ces bouquets baroques, je comprends soudain que je vais perdre la tête. Que mon meurtre se précipite. La Fleur fraîchement éclose doit mourir à l'aurore. À l'aube de sa vie, elle doit trouver sa fin. La vie se termine un jour. Cette fois-ci, c'est la bonne. Je meurs aujourd'hui, le 16 juin. Pour toujours. Je dis oui à quelque chose qui enfin s'achève. Je n'ai plus à attendre, inquiète, que cela m'arrive. Je vais me délivrer du dénouement en le faisant advenir. *Viens, viens, approche-toi.* La mort vole au-dessus de moi, dans la nef torride où les esprits échauffés vont enfin se calmer. La vue du sang repaît les âmes les plus sensibles. Je fus chirurgien. J'ai vécu de cadavres, de couleurs rougeâtres, de sanguinolents désirs, de coutures, de chairs à réinventer. La mort m'a toujours glissé entre les doigts. Je ne l'ai jamais comprise. Je n'ai jamais pu la serrer dans mes bras, la prendre par la taille, la posséder sauvagement. Elle a toujours été fuyante, évasive. Elle m'en a posé des lapins ! C'en est fini de cette catin qui a décidé de ma vie. Ouf ! Je n'aurai jamais su qui elle était, la mort. Une vieille tyrannique ? Une despote gâteuse ? Aujourd'hui, je m'en débarrasse. Elle va se dévoiler, elle va se donner à moi. Comme je vais l'accueillir… Je me meurs en ce Bloomsday. C'est ma cérémonie. Après, on ferme boutique, on ramasse les chaises, on plie bagage. Les meilleures choses ont une fin et les pires aussi. Je meurs. Ma tête est sur le billot. Elle s'enivre des lys. De ces beaux lys tout blancs qui la couvrent, la protégent. Le prêtre est très calme. La salle est toute attente. Iphigénie mourra, les vents se lèveront. Et nos navires tout fiers partiront pour la guerre. Elle durera longtemps. Mais il faut bien la faire. Ce sera comme une copulation, un grand spasme organique. C'est mon cuisinier qui me tranchera la tête. À lui, on a confié un cimeterre géant. À lui, on a expliqué comment actionner le couperet. Il fera vite et bien. Il sait trancher les chairs. Je l'ai vu décapiter des bulbes bien coriaces. Schlang ! Schlang ! En moins de deux ! C'est un homme doué pour ne pas me faire mal. Ma tête est sanctifiée sur l'autel de bois. Ma tête s'auréole, elle devient divine. Des anges se baladent, je croise leur regard. Ils me font des bisous, des grimaces d'amour, des clins d'œil rapides en léchant, diablotins, la lumière qui inonde mon visage. Leurs ailes chastes s'emballent à l'idée de mon sang. L'assemblée n'en peut plus. Des femmes s'évanouissent. Elles se pâment d'aise. Les aficionados se retiennent de bouger. Elle va mourir, Flore, et sans aucun regret. La voilà qui s'en va. Et c'est très exaltant. Le baptême de la vie ou celui de la mort. La déesse d'un jour va trouver sépulture. Le soleil a de quoi bander. Une trique pas croyable. Rose vient déposer un baiser chaste sur le front parfumé de sa mère. Je ferme les yeux. Je me régale du geste. L'endymion me grise. Et puis, plus rien du tout. Je les entends attendre. Les anges et les mortels se tiennent bien cois. Le cuisinier s'avance. Son tronc me fait de l'ombre. Il s'avance solennel. Il me sourit, la mort. La lame va tomber. Je l'espère bienheureuse. Schlang ! Schlang ! Je ne serai plus. Mort... Je suis à toi.

Il fait blanc maintenant. Les étoiles neigent, vierges. Elles tombent doucement et recouvrent le monde. Poussières d'un ciel perdu. Particules de l'Immortel. En tombant, l'occiput fait un gros bruit mat. La tête poursuit sa chute, elle roule, fait boule à travers la grande nef. Elle ne recule pas. Elle avance, elle avance. Pas autre chose qu'un chou, qu'un calice un peu lourd. Ploc, ploc, cela résonne, cela sonne drôlement. La tête sur les dalles ne se veut pas discrète. Elle culbute dans l'église. C'est une dégringolade. On la perd vite de vue. On n'a que faire des restes des méduses célestes qui finissent trop tôt.

L'apothéose se faufile dans l'éclat du jour. On ne sera quand même pas venu pour rien. La foule est dissipée. Elle parle de la fin. Le corps sur le billot reprend bien vite ses droits. Et la tête manquante fait place à du nouveau. Flore se fait fleur. De sa nuque émasculée, châtrée, naissent vite quelques turions, et puis voilà des bourgeons. Cela se met à fleurir. Cela pousse de plus belle. Le cuisinier est fier. Sa belle enfin renaît. L'été est à nos portes. Cela croîtra de partout. La vie nous grimpera sur les jambes, elle nous étouffera de joie. Flore ouvre les yeux. Voilà que je m'ensemence. Il n'y a pas d'assomption, pas même d'épiphanie. Je suis refaite, je suis marron. Voilà qu'on m'a bien eue...

Je me relève enfin. On applaudit la farce. Une belle gaudriole. Une bagatelle certaine. Je me retrouve bien mariée… Avec l'éternité. C'est ainsi dès qu'on naît. Cela ne s'arrête pas. Malin celui qui saurait trouver la conclusion. La fin, c'est pour les films, pour les autres, pour les défunts et les décédés, et même… La fin ne finit pas. Il faudrait ne pas être né… Une fois que cela commence, c'est une belle saloperie. Tout repousse. Même la mort. La voilà qui revient. J'ai beau mourir, cracher, violenter l'univers. Cela foisonne encore dans le fumier de l'existence. Qu'on cultive ou non la vie, cela ne change rien. Les fleurs repoussent toujours. On ne s'en sort vraiment pas !

Je voudrais sentir bon, embaumer mon absence. Mon cuisinier est là, je me jette dans ses bras. Il est l'Europe nouvelle, celle qui ne vit même plus là-bas, celle qui fait juste grand chef et cuisine de la joie. Ses cheveux sentent fort un très bon chocolat. J'aime les souvenirs qui ne datent que d'hier, j'aime les souvenirs qu'on consomme en petits choux. J'aime les souvenirs qui sont vite remplacés par d'autres encore meilleurs. J'en reveux, miam, miam, du bonheur, de l'amour. Du neuf… De l'Amérique, et de l'oubli qui avale. Que cela continue, encore et toujours. Mon Dieu, faites infiniment tourner la manivelle du temps… Je vous en supplie, je vous le demande à genoux. Que le manège infâme ne s'arrête pas…

OUVRAGE RÉALISÉ PAR
LUC JACQUES, TYPOGRAPHE
ACHEVÉ D'IMPRIMER
EN AOÛT 2005
SUR LES PRESSES DE MARQUIS IMPRIMEUR INC.
POUR LE COMPTE
DE LEMÉAC ÉDITEUR
MONTRÉAL

DÉPÔT LÉGAL
1re ÉDITION : 3e TRIMESTRE 2005
(ÉD. 01 / IMP. 01)